淡泊明志，幸福养老。

于漪
2023年8月

我的足迹在这里留下；我的奉献在这里继续；我的生命在这里延伸。颐和苑，它伴随着我的高龄岁月，丰富着我的夕阳人生，给我留下了永恒的记忆。

——作者心语

金正扬 著

高龄岁月

我的养老生活纪实

上海社会科学院出版社

CONTENTS 目 录

[1]　序/周保云
[1]　自序

[1]　**第一章　艰难的抉择**
[1]　第一节　回望爸妈老去的岁月
[9]　第二节　初访颐和苑
[19]　第三节　交了订金之后的日子

[27]　**第二章　别样颐和苑**
[27]　第一节　总经理亨利送花到我家
[32]　第二节　开门是"大家",关门是"小家"
[41]　第三节　我与"一份地"
[47]　第四节　创办苑刊的日子
[60]　第五节　"三个服务":笑在脸上,爱在心里
[67]　第六节　我在"幸福养老"论坛上的两次发言
[74]　第七节　梦想成真:我和《生命之歌》
[81]　第八节　特别探访:揭开颐和苑二期"面纱"
[85]　第九节　"记忆家园":初次失忆,请多关照
[91]　第十节　"文化养老":27个兴趣小组功不可没

[97]　**第三章　幸福养老进行时**
[97]　第一节　养老生活"三部曲"
[107]　第二节　书写走过的人生

1

[119] 第三节　讲述我的人生故事
[126] 第四节　快乐之旅：黄浦滨江游
[133] 第五节　漫游上海"母亲河"——苏州河
[142] 第六节　在魔都"静态管理"的漫长日子里
[149] 第七节　养花·养鸟·遛狗
[156] 第八节　生命在运动中焕发生机

[164] **第四章　为"爱"而奔忙**
[164] 第一节　一切为了孩子
[168] 第二节　走近"五老"，挖掘红色资源
[178] 第三节　使命：在关心下一代的舞台上发光发热
[185] 第四节　我又踏上了新的学习和研究征程

[188] **后记**

序

周保云

这是我迄今看到的一本最接地气、最饱含深情的关于"幸福养老"方面的书。

高龄,是生命的最高境界,是人生的最后时光。面对这段艰难的旅程,书的主人翁从2018年10月开始,就以自己的亲身体验与发生在身边的人和事,从生命的高度,审视传统的居家养老和新兴的机构养老,以真情实感陆续写就了一篇篇居家和在颐和苑养老的生活纪实,并先后在《上海颐和苑》杂志上连载。现作者几经修改补充,汇编成书,献给颐和苑八周年庆典。这本反映新时代养老生活的《高龄岁月——我的养老生活纪实》,以独特的视角,尽情地讲述着高龄生活中不寻常的故事。透过字里行间,你可真切地感受到,书里书外,处处洋溢着作者和周围老人们的夕阳风采。

这本《高龄岁月——我的养老生活纪实》,是金正扬先生记录自己于2002年退休之后,特别是2016年入住上海颐和苑后的这一段岁月。今年八十又二的金先生,我认识他已整整有八个年头了。他是一位资深的教育新闻工作者,又是第一批入住颐和苑的长者。但我真正了解金先生,是从读了他所著的《岁月留痕》这本带有传记色彩的40万字著作开始的。

人生,对每个人来说,都不尽相同。晚年的生活境况,各人往往也不一样。金先生的一生,既平凡又多彩。我一直忘不了,那天一早,当我打开《岁月留痕》一书的扉页时,一句"作者心语"即刻跳入我的眼帘,它深深地打动了我心:"在人生的旅途中,我除了读书、休息,几乎都在为他人做'嫁衣裳',

都在为基础教育鼓与呼。"于是,我手不释卷地读着,从第一编"难忘岁月:梦的追求"一直读到第六编"岁月留痕:采编路上再回首"。读着,读着,我仿佛看到当年还戴着红领巾的他,从穷乡僻壤走来,一步一个脚印,从中学到大学,从一个普通的中学教师到走上教育新闻工作岗位,再到被评为副编审、编审,成为杂志社的社长、总编辑。金先生长达四十年的记者生涯,一直在用心,写心;他走过的七十载的人生之旅,一直在寻梦,追梦,从而成就了自己的不平凡的一生,给我留下了深刻印象。

成功在于坚持。金先生这几十年,他的整个生命几乎都在围绕着"教育"这个轴心而不停地转动着,工作着……直到现在,你看,他还在用手中的笔,为我们的养老事业、为祖国的下一代而努力奔忙着,工作着,我为之十分敬佩。

我们第一次见面,还有过一次不寻常的"心灵对话"。

那还是2015年年初的一天。金先生一行10人、5户人家,相约来颐和苑看房。中午,我们有缘在餐厅中巧遇。午餐后,我们便在一起座谈聊天。当我讲到"颐和苑是我步入中年以后的不以赚钱为最终目的的第三次创业"时,金先生与同来的新闻出版界的朋友都禁不住为我竖起了大拇指,为我点赞!但令我未曾想到的是,我的这一平常的"善举",却赢来了金先生的不凡举动。

这事发生在金先生入住颐和苑后的第二个月。当时他已年过七十五,可一点不服老,主动打了一份申请报告,说要助我一臂之力,用自己的专业,义务为颐和苑创办一本以居家式"幸福养老"为办刊宗旨的综合性内部期刊,使来苑养老的长者有一个良好的文化氛围。

金先生的这一想法,与我当初的筹划不谋而合,但苦于没有专业人才。我接到这份申请报告和详细办刊方案,不禁心花怒放,我打心眼里感谢他。他的这份报告,就像一把火,在开业之初,无形中为我增添了一份精神力量,更奠定了我要把颐和苑打造成国际化的高品质的"百年老店"的坚定信念。

如今八年过去了,颐和苑入住了一批又一批长者,获得了一项又一项荣誉,每天每周都在上演一出又一出"幸福养老"的话剧,这里也有金先生为之洒下的汗水。

前些日子,金先生约请我为他的这本关于"幸福养老"的书写个序,我欣然应允,因为这也是我"第三次创业"为之奋斗的分内事。

交稿的时间越来越临近,金先生已催过我好几次。这些天总算有些宽余时间,我不由得打开案头的那厚厚一叠书稿。看着,看着,我的心不禁为之震撼。我不曾想到,金先生展现在我面前的,是一幅如此多姿多彩的退休生活的画面:

你看,在过去的二十多年中,金先生所历经的养老"三部曲",就使我们看到了不一样的夕阳生活。我细细拜读,发现文中描述的每一部"曲",他都奏得有声有色。不是吗?这二十多年,他"忙"中有闲,"闲"而有度,把生命的琴弦拨得那么分外"妖娆"。

2002年他虽离开了自己心爱的采编岗位,但并未就此搁笔,在创办《语言文字周报·双语周刊》的同时,用了五年时光,一步步回顾自己过去的岁月,书写总结自己走过的人生,先后撰写出版了两本"自传"——《岁月留痕》和《教坛风云》。

如今,他"光荣在党五十年",虽"无官一身轻",但仍不忘一个老共产党员的使命,在颐和苑中不断挖掘红色资源,先后与苑内读写组及摄影组的同志一起编撰出版了《这里的夕阳别样红》和《生命之歌》。现在,他又在采编"颐和苑里的红色故事",在关心下一代的舞台上发光发热。

他忙中有闲,张弛有度,每天,不是在养花、养鸟、遛狗,就是在"一份地"里勤耕细作。我从这本"纪实"的书稿中发现,金先生很会生活,而且很珍惜这"走在生命的边上"的每一天,他在努力地活出生命的光泽。

身体,对退休的老人来说,是关键,是根本。读了《高龄岁月——我的养老生活纪实》,你更会感受到,金先生平时对生活的安排也很讲究,注重节奏,注重生活的质量。他每天不忘锻炼体魄,或散步,或劳作,每天下午更不忘在社区会所里游泳、跑步以及必要的器械训练。为做好心血管的防治,他每天起床前,总要先做一套20分钟左右的按摩保健操。

现在,金先生虽已是高龄,不便远游,但他却常常和夫人选择一些近距离的景点,与朋友相约出去"康养",放松心情。更令我出乎意料的是,近两年,他还与朋友相约,先后走遍了黄浦滨江两岸和上海的"母亲河"——苏州河。我在"朋友圈"里常看到金先生晒出的那一张张照片。透过照片,你可想象出金先生在一步步丈量中领略着浦江两岸和母亲河的美景;透过照片,在那一件件历史遗存前,你可以感受到,他正在深入了解海派文化,重温习近平总书记在考察杨浦滨江时提出的"人民城市人民建,人民城市为人民"的重要理念。

…………

养老,历来是个沉重的话题。面对人生这最后一段路途,该如何走好、安排好,世上有多少老人为之迷茫、苦恼!金先生所写的这本纪实性的养老亲历记,将会为你打开一窗多彩的视窗。

金先生在入住颐和苑后,曾先后两次在颐和苑举行的"幸福养老"论坛上发过言。金先生根据自己的亲身感悟,归纳出的以下三点,我觉得可供长者思考。

第一,对具有日常生活能力的健康老人来说,金先生认为,要尽可能地多接触社会,多参加适合自己的社交活动,不能因为"老"而拒绝,要主动参与。他引用著名作家冯骥才的话说,要"永远与现实、与生活、与生活的前沿、与生活的问题纠结在一起"。这样,你的生命才会充满活力,你才会在与社会接触中,进一步体会到外部"精彩世界"给你的生活带来不一样的幸福感。

第二,要使自己的晚年生活幸福。金先生强调,我们生命的脚步还不能停下来,还要有所追求,要为自己的退休生活制定一个或大或小的目标,做自己喜欢做的事情,玩自己爱玩的东西,要把自己的精力全部放在正确、有效的欲望上,要老有所为。

第三,人老了,身体是第一位的。金先生颇为感慨地说,"这是'幸福养老'的根本所在"。因此,你若要使自己的晚年生活开心一点,幸福多多,那么每天一定要多参加一些适宜的运动,努力提高自己的身体素质。

人老思"养",这是每一个步入"黄昏"、步入高龄的老年人都在思考的现实问题。这本来自养老第一线的"养老生活纪实"——《高龄岁月》,一定会给您带来启迪。

(作者系上海颐和苑老年服务中心理事长、上海市政协委员,获"全国敬老爱老助老模范"称号)

自　序

自 2002 年 10 月退休至今，我已在"人生边上"走了一程又一程。如今屈指算来，我已整整度过了 21 个春夏秋冬。

人生，是一个难解的谜，一个难以预测的未知世界。高龄岁月，恰恰又是人生中最后一个漫长而又复杂的过程，一个不可捉摸的阶段。因为人在这老去的岁月里，往往会险情不断，脏器的退化，各种慢性疾病的侵袭，都会纷至沓来。甚至于骨折、心脑血管堵塞、脑萎缩等都会来"拜访"你。这人生边上的种种险情，每个人都会或多或少地遇到。这是前行路上不可抗拒的自然规律。

前不久，我读到著名作家、茅盾文学奖得主周大新在长篇小说《天黑得很慢》里的一段话，颇有同感。周先生说，人从 60 岁开始，就进入老境。这时，你将不得不"重新返回幼年状态。母亲最初把我们带来人世，是在床上；经过一生艰难曲折的奋斗，最终还要回到人生原点——床，去接受别人的照料"。所以，"天黑之前，人生最后一段路途光线会逐渐变暗且越来越暗，自然增强了难走的程度"。因此，60 岁以后，我们每一个进入老境的人，都要做好面对"人生最后一段路途"的心理准备。

我之所以这样说，是因为我常听说，有些曾被人前呼后拥的"高官"，一旦退休了，"人走茶凉"，他怎么也不适应，于是乎，这样那样的毛病就来了。因此，人生的这最后一段路途要走好，是很不容易的，我们要有充足的思想准备。特别是随着岁数的越来越大，你若没有准备好，就会越觉得它的沉重，因而更难、更无法把握自己的命运了。

同样的年龄，同一届校友，每个人的生命终点会有先有后，谁也不知道哪一天离开这个世界。但从退休到终止生命之前，这段属于自己的生命，大多还有一段很长的路途，我们还是有充足的时间来考虑、来安排的。每个人要根据自身的条件，预先做好可行性安排，尽可能活得潇洒一点、幸福一点，我想这还是能够做到的。

我和夫人徐老师，巧得很，两人同年同月退休。当时，我清楚地记得，在退休的这一天，上午，我告别了上海教育报刊总社；下午，我就来到了新的办公地点——靠近静安寺的《语言文字周报·双语周刊》编辑部，开始了我人生的第二次创业。

这并不是我心血来潮，也不是对老单位没有一点留恋，而是在退休的前半年，我就作出的决定。当时，我面临两种选择：一是从领导岗位退下来后，享受"延聘"的待遇，继续在原单位工作五年；二是应邀去上海教育出版社创办《语言文字周报·双语周刊》。

这两种选择各有利弊：前一种很轻松，可享受很不错的待遇，但要面对从领导岗位退下来的种种"不爽"；后一种，白手起家，重新"打天下"，可充分发挥"余热"，但要承担办报经济效益的风险。

面对这两种选择，我和夫人足足考虑了两三个月，最终我毅然决然地选择了后者，我决心要用行动来考验一下自己在大风大浪中的承受能力，于是便开始了人生的第二次创业，出任《语言文字周报·双语周刊》执行主编。

我之所以选择后者，也并不是一时的冲动，而是着眼于以下两点：一是出于我"分步渐退"的考虑；二是鉴于我的身体状况和自身的条件。我觉得，退休要一步步来，分步渐退，不能搞"断崖式"。开始阶段，应选择一种能激发生命活力的工作，继续干上一阶段。一个人到了退休年龄，"忙"一点不要紧，如果新的工作能体现自身的价值，那你就会越干心态越好，越有益于健康。

实践证明，我的这一选择是正确的，它还为我第二步正式"退"下来，延续了办事的人脉。

不过，创业是很艰难的，我也早有思想准备。这正如冰心在《繁星》中所言："成功的花，人们只惊慕她现时的明艳！然而当初的芽儿，浸透了奋斗的泪泉，洒遍了牺牲的血雨。"但这艰难，这"奋斗的泪泉"，反过来又更激发了我的生命活力，更增添了我前行的不得不面对的勇气。

从2002年到2010年，我在《语言文字周报·双语周刊》编辑部干了八年。就在我与上海教育出版社签约的八年合同快结束之时，我意外获悉，这份"双语报"经国家新闻出版署组织专家评审，已荣获"优秀少儿报刊"的光荣称号，在上海排行第一，并向全国少年儿童推荐。

这八年，是我"分步渐退"的第一步。它在忙碌中见"人气"，在艰难中现智慧。这是我人生中一个非常值得纪念的篇章。

中国有句俗话，叫"见好就收"。况且，我也是快成"古稀"之人了。于是，2010年10月，我笑别从事了近40年的报刊事业。

可下一步如何走？于是，我又根据自己的"预谋"开始了"分步渐退"的第二步：半"退"半"休"，一面继续做与自己专业有关的事，一面含饴弄孙，"会桃李之芳园，序天伦之乐事"。

具体要做的工作、要办的事，我也早有"伏笔"。因在那段日子里，我在创办《语言文字周报·双语周刊》的同时，还兼任了北京《现代教育报》驻上海记者站站长和《长三角教育》杂志副总编之职。这一"报"一"刊"，都是具有鲜明地方特色、影响广泛的教育主流大报大刊，深受读者欢迎。

2010年10月，我辞别了自己苦心经营的"双语报"后，就有了较多的时间，为这一"报"一"刊"而尽我手中之力，紧跟时代之音，继续为教育事业高歌、呐喊。

当时，我在担任《现代教育报》上海记者站站长这一岗位上，除结合上海教育工作，采写报道上海教育工作的新理念、新举措外，还承担了对《现代教育报》每月报社采编质量评定工作，对每期的好报道、好图片、好标题，都一一加以点评，从这项工作中，我也掌握了更多的教育动态。

同样，在担任《长三角教育》杂志副总编的日子里，我一方面积极配合编辑部记者来上海采访,为之做"向导",同时,这也为我"走基层"创造了条件。在那几年里,因我时间比以前多了,编辑部还让我"笔走长三角",到江苏、浙江一带采访。这一"走",不仅使我更了解了江浙一带的风土人情,而且使我的教育视野更开阔,对农村、对边远地区和一些海边城市的教育有了更直接的了解。这对我来说,也是一种人生财富。

这半"退"半"休",我一干又是5年。那时我也快74岁了。我想,一生干了这么多年,该停下来歇歇,做个更自由的人了。于是,我设计的"分步渐退"的第三步——充分"享受人生",正式提上了议事日程。

但究竟到哪里去"享受生活"?经过近半年的考察,2016年6月6日,我和夫人正式入住位于金山朱泾镇旁的人生驿站——上海颐和苑老年服务中心,颐养天年。

这里,当时第一眼吸引我俩的是,它在硬件环境上,有高度(高端);在软件服务管理上,有温度(温暖);而入住这里的老人,更显得有雅度(优雅)。这是我和夫人看中这里养老的一个重要的不可或缺的因素。

但真正促使我和夫人作出这样果断的决定,主要还是来自我爸妈那段老去的痛苦岁月——那不堪回首的一幕幕悲凉的场面,一直深深地印刻在我俩的脑海里。

我和夫人在颐和苑看到了不一样的养老:养老院、养护院和护理院,不仅全方位综合配套,打造360度"家庭式"养老生活,而且引进了人性化的丹麦执事家园的先进管理模式。这与我所期望的一拍即合,因为这种养老模式,不仅满足了老人的基本生活需求,而且能从老人的心理特征出发,设计了一套让每一位住养老人尽可能生活得"开心、舒心、顺心、称心、安心"的养护体系。

入住颐和苑后,各式各样的兴趣小组吸引了每一位老人。我参加活动最多的是读书写作组。读书写作组自2017年9月成立至今,开展了种类众多的读书写作活动。几年来,我们常在组内以"健康养生、读书旅游、诗词品赏"等各种有趣的话题开展讨论。2017年12月28日,我在读书写作组迎新

茶话会上就以《书,我的人生伴侣》为题作了一个专题发言。我满怀激情地说:

> 我的一生都是在与书打交道的。书,可以说,是我的人生伴侣。我的成长,我的发展,无时无刻都离不开书。从年幼时的"听书";到青少年时代"买书""读书""抄书";再到工作以后"写书""磨书""编书",书贯穿了我的一生,是我生命的重要组成部分。我一生的工作都是紧紧地和书联系在一起、融合在一起的。

时间在一天天地过去,生活在一天天地展开。我退休后的这二十多年,丰富多彩的"夕阳生活"一直使我难以忘怀,无论是居家养老,还是机构养老,都有着不少人生感受。从2018年10月开始,我便将夕阳路上的这点点滴滴,陆续整理成文在《上海颐和苑》上连载。经过五年的积累,现回过头来我对这些文章细加修改、补充、汇编成书,奉献给与我在同一条退休养老路上的长者借鉴,以丰富和扩大自己的晚年生活。

成功,属于坚忍者。前行的路上,每个人生命终点各有先后。我这些年的生命足迹,将伴随着这本《高龄岁月——我的养老生活纪实》而留在世间。

第一章　艰难的抉择

人生,对每个人来说,都不尽相同。晚年的生活境况,也各不一样。记得列夫·托尔斯泰在《初期回忆》中曾说过:"人生不是一种享受,而是一桩十分沉重的工作。"面对人生这最后一段路途,这"一桩十分沉重的工作",我们该如何走好?如何安排好?这是值得每一个进入"老境"的人去认真思考和认真对待的。

第一节　回望爸妈老去的岁月

2016年6月6日,是我人生中一个重要的时间节点,也是值得纪念和庆幸的一个不寻常的日子。

就在这一天,我和夫人经过半年多的郑重考虑和多方准备,终于在这个"六六大顺"的吉祥日子,正式入住我和夫人所向往的"颐养天年"的人生驿站——上海颐和苑。

上海颐和苑,坐落于上海市金山区朱泾镇的东南面,是一家由政府扶持、民办公助的非营利性的养老机构。她联合丹麦著名养老机构 Danish Deacon Homes(丹麦执事家园,简称DDH)合作管理,引入世界先进的养老理念和养老方式,以"家"为目标管理,以"田园"为生活环境,把传统养老与机构养老进行有机结合,开创了比肩国际的"幸福养老"全新模式。

我和夫人选择到这里养老,首先是被这里的条件所吸引——你看,一幢幢法式庄园风格的建筑,掩映在绿树丛中,入住者都是独门独户,完全摆脱了以往国内养老院五六人共处一室、沿街晒太阳的那种简陋,将中华民族传统的居家养老和新兴的机构养老的优势集聚在一起,并融入高端住宅概念,实行居家型养老、疗休式护理,为中等收入的老龄朋友的居住空间营造一个"奢与适"的完美体验之所。

这里,虽地处金山,远离繁华的大都市,但她在硬件条件上有高度(高端);在软件服务管理上有温度(温暖);而入住这里的老人更显得有雅度(优雅)。这是我俩看中在这里养老另一个重要的不可或缺的因素。

但真正促使我和夫人作出这样果断的决定,这还不是最最主要的因素。我之所以作出这样的人生选择,主要还是来自我爸妈那段老去的痛苦岁月——它所留给我的是令人心碎的煎熬。

父亲的九十寿辰

不过,我暗自庆幸的是,我爸妈都是长寿的,他们也许给了我一个好的基因。我妈妈,2008年12月31日去世,享年88岁;我爸爸,2012年9月25日去世,享年95岁。但爸妈那长达十多年的老去的岁月,那情那景,那不堪回首的一幕幕悲凉场面,一直深深地印在我的脑海里。

妈妈,在"天快黑下来"时的令人揪心的场景……

我妈妈,人忠厚实在。解放前,一直在乡下,是一位农村妇女。她没有什么文化,斗大的字不识一个,解放后才认识自己的名字。但她,为我和弟妹五人付出的代价最大。她脾气虽很急躁,但心地很好,我奶奶常说她是"刀子嘴,豆腐心"。

我记忆中的妈妈,每天,都要为我们一家人洗衣做饭,常常是忙到半夜,我们一觉醒来,她还在不停地洗,不停地擦。而她自己吃的,大多是我们几个吃过的剩饭剩菜。

母亲终身勤劳节俭,一世为子为女。特别是在三年经济困难时期,为了我们的健康成长,她更是费尽心思,总是变着法子买一些既省钱又有营养的东西。

每天早晨,天刚蒙蒙亮,我们还未起床,她就赶忙去排队,买那当时最便宜的豆浆和油条,说"这最有油水、最有营养了"。

尤其令我难忘的是,她为了多一点时间做家务,把家料理得更好些,每天上班总是连奔带跑。当时,我每每看到她那远去的上班背影,或下班迎面而来的急匆匆的神态,我的心就不由得一阵抽紧,恨不得自己能早点长大,早点事业有成,为父母分忧。

这样成年累月的劳累,害得妈妈落下了一身毛病。她的手,由于长年为我们一大家子洗衣做饭,常常在水里泡着,导致每一个关节都变形,从小关节开始一直到大关节,一个个都变得异常粗大。医生说,这是类风湿性关节炎。她的脊柱,也因过度劳累,导致畸形,最终直不起腰来,弯成90度,疼痛难熬。

早先,我每周去浦东看望二老时,见她还能弯着腰,摸着墙壁去厕所,去厨房,而后就只能弓着腰躺在床上呻吟,再也爬不起来了。但在我每次去探望她、坐在她的床头时,她还强忍着痛,勉强地坐起来,脸上含着笑,嘴里连声说"谢谢"!

可此时,每当我从妈妈口中听到"谢谢"两个字,我的心就像刀绞的一样,深感内疚,但我却无能为力,也只能含着泪说几句安慰的话。我老伴看到妈妈那痛楚的样子,总忍不住地拉着妈妈那干裂变形的手,轻轻地按摩起来。刹那间,我只见妈妈两行热泪禁不住地流了下来,颤抖地说:"银娣,谢谢你!"

人到这时候,在"天快黑下来"时,是多么需要关爱,需要亲人守在身边,哪怕是一丝一毫,一时一刻!

然而，我们当时虽家有兄妹五人，轮流着去，但也不能时时留在爸爸妈妈的身边。我们都还在工作，都还在为儿孙忙里忙外。尽管我二弟是金山石化医院外科主任，是上海第二医学院的高才生，但也无能为力。每当看到妈妈痛得无法忍受时，他也只能配些止痛片让她暂缓疼痛。

那时，像我们这样一家有两位高龄老人，得时时留神，因为碰到发高烧、拉肚子是常有的事。一次，我夫人去看爸妈，无意中看到爸爸的大便颜色不对，呈绿色，连忙打"120"急送医院。可医院里，人满为患，根本没有床位。她和弟弟、弟媳只好轮流坐在走廊里，陪着爸爸吊针。即使如此，医院还不能久留。没过几天，尽管人还未好，又被"赶"着回家。

深恩未报惭为子，饮泣难消欲断肠。我一直为未能帮父母亲找到一个条件好的安心养病的地方而不安。

当时，我和夫人就一直在想，一直在思考，我们老了，不能动了，怎么办？我们这一代人，基本是独生子女家庭，老了，病了，又有谁能来尽心尽责地护理我们呢？这些揪心的问题，又怎能不时时撞击着我和夫人的心灵呢？

父亲离世前的两三年所过的孤独日子

我的爸爸活到95岁，但在他离世前的两三年间，身体状况发生了明显的变化，听力、视力大不如前。最糟糕的是行动不便了，要靠轮椅推着前行，于是，跟外面世界的接触就越来越少了。

妈妈早在四年前就离他而去，我们虽为他聘用了全天候的保姆，但身边没有了"亲情"，陪伴他的，仍只有空荡荡的日子。同辈，都早已一个个"走"了；晚辈，都有自己的事情在忙碌。唯有他一人，每天孤零零地坐在没有亲情的屋子里。他十分痛苦地感到——这个日子太孤独了。因而，他常对我说"活着没有意思"。

如今回望爸爸临终前的那段日子，一年多的时间，他几乎天天盼望着儿孙们去，特别盼望着我这个有些文化的长子去看他。

可那时，我正在帮上海教育出版社创办《语言文字周报·双语周刊》，每周一期,八版,就那么几个人,忙得不亦乐乎。况且,我家离父亲的住处,单程就要近两个小时,这样一来一去,路上就要花去半天时间。我一到那里,爸爸总是不停地问这问那,一谈就是两三个小时。而每次要离开时,他总是拉着我的手,含着不舍的目光看着我,要我再坐一会。有时,还一次次地问:"下次什么时候来?"

人老了,旧友一年比一年减少。不知有多少次,爸爸曾这样对我说:"厂里的一些老伙伴都一个个'走'了,没'走'的也不能动了,整天躺在床上。你看,如今连个说话的人都没有了,好寂寞啊!"

确实,一个旧友的离去,就是对爸爸的一次打击。每当他听到一个旧友去世的消息,总要惆怅多时。

有一次,我曾试探地对爸爸说:"相比较,爸爸,您还是有福气的。每天,华弟和国弟,还有弟媳,都要来一次,买菜烧饭。晚上,还帮着洗澡、汰脚。我和明弟路远,但差不多每周都要来看您一次。如果您还感到寂寞的话,要不,您就到楼下面——离这里一百米不到的地方,那街道办的敬老院去。看上去,那里的环境不错,有活动室,报纸杂志也有,还可同室友下下棋。路又很近,随时可以回来。"

谁知爸爸一听这话,立刻板着脸说:"我死也不会去!你知道吗,到那里就是去等死!你们做儿女的,背后也要被亲友和邻里骂不孝之子!"

被爸爸这样劈头盖脸地一骂,我云里雾里不知如何是好。其实,我当时仅是从消除他寂寞的角度,随口说说而已,没想到他"火"不打一处来。

自此以后,我们再不敢提此事,而且爸爸和我有一个约定:每周一定要抽空去探望他一次。如果实在因工作或其他原因不能去,那一定要写一封信。这一约定,我一直坚守了近五年,直到2012年9月爸爸去世,我前后一共写了40多封家书。

但令我未曾想到的是,这每周一次的人或信,就成了我父亲每周的一个特别盼头。我弟媳告诉我,我每去一封信,父亲总要让她一读再读,有时一封信要反复读五六遍,爸爸总是那么全神贯注地听,虽耳朵不好,戴着助听器,但听得很入神。从这个细节中不难看出,他人生的最后一段旅程,走得是多么艰难啊!因为在此时,人缺少的不是金钱,而是精神上的慰藉,是心灵的关怀。而这在当今趋于小型化、以独生子女为轴心的家庭,往往又很难满足。

40多封家书:父子之间的一次次心灵对话

近日,我在整理书橱时,又无意中看到了当时从爸爸住处带回来的40多封家书。我一一打开,从头到尾,又默默地读了一封又一封……这一封又一封家书,就是一次次父与子之间的心灵对话:

"爸爸,您的心情,我完全能理解!因为一个人没事做,周围又没有人可谈,那滋味是很不好受的!人老了,大多有这样寂寞感。一般人如此,一些名人也如此。我看他们晚年的文章,常常会写到这些,深感苦闷。但也有些人,有些名家,会自寻其乐,他们看书,写文章,每天安排得很好,很会打发时间。甚至有些名教授,如音乐学院的周小燕,90多岁了,还在带学生、教学生,精神很好。我曾在80年代采访过她,到她家去过。当然,像这样的人,耳聪目明,不多!但有一点值得老年人学习的,就是乐观,善于安排自己的生活。我建议您,每天给自己排个作息时间表,什么时候看书报,什么时候在阳台上活动活动,什么时候拿起笔来写点什么……要使每一天都快乐起来!生活有序而充实,就不会寂寞了!"——写于2010年10月15日。

"人活着,心态很重要。我们这一大家,兄弟姐妹们相处得都很好,各家情况虽有差异,但总体来说都不错。对您来说,重孙都有了,更不愁吃用了。人往好处想,心态就会好;心态一好,百病祛除,自然长寿。所以,我想,爸爸,您活100岁是不成问题的。您不是说要给我做80岁生日吗?屈指算来,也就只有10多年,一转眼就到了。不过,这里最重要的是心态!心态一定要好!人们常说:健康是走出来的,毛病是吃出来的,烦恼是想出来的。我觉得这话很有道理。人老了,想问题要多往好处想,就会越想越开心,就会心宽体胖,长命百岁!"——写于2011年1月28日。

"爸爸,很多事情不是一切都能随您所愿的。人的一生,总有这样那样的磨难,特别是到退休之后,毛病就来了……所以健康就是福。您94岁了,至今没有什么大毛病,不容易呵!一百个老人,能有几个像您这样健康?!有些老人,虽长寿,活到八九十岁,但您要知道,他们大多是躺在床上的。有些老人甚至大小便都不能自理,卧床不起,生活质量是很差的。这样活着,是很难受的。还有的老人,整日昏昏沉沉,连自己的名字也不知道了,哪有您那么清醒,思维那么活跃?!所以,爸爸,您是幸福的!当然,这不比从前了,子女不可能一个个都围在老人身边,都是'2+1'小家,各家有各家的事。尽管现在给您请了全天候保姆,一对一服务,但总没有儿女陪伴在身边好。不过,华弟、国弟和您虽不住在一起,但他俩每天都上门来看您。国弟下班早,有时下午三点就来了,帮您洗澡;华弟还常带您出去走一走,玩一玩,多好!但爸爸,您要知道,94岁了,这么大年纪了,不适宜在外面多走动了,万一跌跤,就出问题了。您的妹妹不就是因为跌跤而一直卧床不起,最后去世的吗?!"——写于2011年7月2日。

为了化解爸爸心中的寂寞,这40多封信,我都是用心、用情写出来的。为了写好这每一封信,在写前,我常常要打电话问问华弟和国弟爸爸最新的情况,以便能使信写得有的放矢。

保存的家书

高龄岁月
──我的养老生活纪实

这40多封信,看似很平常,但它却寄托了一个儿子对父亲的一片深情。每当我在提笔给爸爸写信的时候,我就想起爸爸一生为培养我和弟妹五人而付出的心血。

我生在乡下,从小就过继给二妈(婶娘),但他对我前途一直挂在心上。我在《岁月留痕》这本书中曾写下这样一段文字:

> 1956年6月,在我小学快毕业的时候,一封父亲的来信,成了我人生的转折点。父亲来信,要我到上海来报考中学。确实,父亲是一个有头脑的人。他要我到上海来读书,找工作,是为我今后的前途着想。我二妈也是一位通情达理的女性。她为了不耽误我的前途,二话没说,含着泪鼓励我到上海求学。

我能有今天,全在于我父母和二妈的栽培。我清楚地记得,过去,我们家的生活是很困难的。"文化大革命"前,我们兄妹五人,全家连奶奶共八口人,全靠父亲那83.50元的微薄工资,他省吃俭用,千方百计地把我和二弟都培养成大学生,这是何等的不易、何等的父爱啊!

对于人进入"老境",走在人生边上的那种寂寞孤独之感,对我的刺激还仅是一个方面,更令我心灵震撼的是,父亲得了脑梗住院和进了公办护理院之后,给我留下的那种令人寒心和不堪回首的场景——

你看,我爸爸入住的护理院——那间二三十平方米的房间里,躺着五六位患病的老人。他们大多是处于临终前的那种。一个个重病在身,插着少则一两根、多则三四根管子,凄惨的叫声,痛苦的呻吟声,几乎整日整夜地交织在一起。一个护工,至少要管五六个人,哪里还顾得上?为了防止行动不便的老人出意外,有的就将他的手脚绑在床沿上,真让人惨不忍睹!你看看,人到此时,哪还谈得上什么生活质量?能减少点痛苦就不错了,更遑论过着有尊严的生活了!

这一场景,又一次大大地刺激了我。我想,我老了,怎么办?父亲身边还有四五个子女和儿媳轮流陪伴,我们今后还有可能有这样"全天候"的服务吗?

如今,当我和夫人看到了颐和苑这不一样的"养老":养老院、养护院和护理院,不仅全方位综合配套,打造360度"家庭式"养老生活,而且引进了人性化的丹麦执事家园的先进管理模式,我们能不为之心动吗?因为这种养老模式,不仅满足了老人的基本生活需要,而且能从老人的心理特征出发,构建了一套让每一位住养老人尽可能生活得"开心、舒心、顺心、称心、安心"的养护体系。

于是,我和夫人在"六六大顺"的那天,欣然入住了上海颐和苑——一个我俩期盼的颐养天年的人生驿站。

第二节 初访颐和苑

这是一块绿色的静土。

这里,没有都市的喧嚣。早晨,在和煦阳光的映衬下,十几幢法式建筑熠熠生辉。当你沿着绿色的健身步道,走进果园,看到枝头上或黄或绿的果实;当你来到专供老人劳作的种植园,看到那一畦畦长势诱人的蔬菜瓜果,你会油然想起"采菊东篱下,悠然见南山"的千古佳句。这里,就是沪上有名的以"家"为目标管理、以"田园"为生活环境的新颖独特的养老机构——上海颐和苑老年服务中心。

上面这段文字,是我入住颐和苑不久采访周保云理事长所写专访中的一段开场白。

然而,在我入住颐和苑的半年前,我还压根儿没有入住养老院的意识。但在随后不久,命运就神秘地改变了我人生的旅程。

一则不寻常的寻房"新闻"

在生命的长河里,有时会遇到你意想不到的人生"拐点"。

我第一次听到"颐和苑"这个名字,是在一次朋友的聚会上。

那是2015年岁末。当周围的人都在忙于迎接新年时,大学的同学老陈特意邀请我们"朋友圈"的十来位好友一起聚聚。我们这个"朋友圈"里的人,大都是几十年的老同学、老同事。退休前,大家又都在新闻出版界工作,所以感情特别好,特别浓。

老友许久不见,有讲不完的话题。特别是这次有几位夫人也应邀出席,更是热闹非凡。一时间,酒席上笑声不断,话语不绝。

谈着谈着,不知是谁,一下子就把话题转到养老问题上来了。于是,从"居家"式养老,谈到"候鸟"式养老,忽而又议起了高端的商业性的"机构"养老。大家越谈越感到这个话题的沉重,似乎有点"走投无路"之感。是呀,我们毕竟都是七老八十的人了,一个不容回避的问题无情地摆在我们面前:将来谁来照顾、服侍我们? 特别是眼下子女在国外定居的,更感到问题的迫切性。

我心里想来想去:这是一个难以回答的话题。

但,天无绝人之路。就在大家忐忑不安、拿不定主意的时候,东道主老陈却爆出了一个令人意外的寻房"新闻":"大家不用过于担心! 现在,我要告诉大家,经过几年的寻访,我和老伴最近终于找到'组织'了,有依靠啦!"

顿时,大家面面相觑,有点"丈二和尚摸不着头脑"。

"此话怎讲?"我们中有人诧异地问。

老陈含笑不语。他这个人,一向话不多,但很幽默。我们几个都在想:这家伙到底葫芦里卖的什么药? 他所说的找到"组织",这究竟是啥意思?

"快点讲呀!"此时,在几位夫人的再三催促下,老陈终于说出了"谜底":"各位老同学、老朋友,你们也许不知,最近四五年,我和夫人为养老问题一直很纠结,一直在东奔西走。我们先后考察的养老院不下十几家,有市区的,也有郊区的;有公办的,也有民营的。现在,我们终于找到了一个适合我们养老的地方,经济上还承担得了,它就是坐落在上海金山朱泾镇旁边的一家高品质的、由政府扶持的非营利性的养老、养护机构——上海颐和苑老年服务中心。我们已在那里选好房子,并交了定金。"

"好呵！老陈,您真有远见,这步棋走得好,无后顾之忧了!"大家又惊又喜地看着老陈夫妇。

"快给我们介绍介绍。"接着,老陈在大家的要求下,眉飞色舞地把颐和苑从里到外,一一向我们作了描述。他讲的,对我们来说,都是新鲜事,说得我们心里痒痒的,好像到了另一个不为人知的养老世界。

老陈的生动描述,不禁勾起了我已经淡忘的、对爸妈那十多年老去岁月的痛苦回忆。刹那间,那一幕幕人到晚年的孤独、无奈,以及不堪回首的悲凉场景,又像过电影似的呈现在我的眼前。

岁月不饶人。我暗暗地思忖着:我和夫人都是七十左右的人了。人到这个年纪,大小毛病随时都会来"拜访"你。人的生命是很脆弱的,何况是老人呢？"机器"都生锈了,随时有不转的可能。养老,这真要早点开始筹划了。否则,一旦自己不能自理,不能动弹了,到那时,靠谁来护理你、服侍你？我们眼下大都只有一个孩子,他再孝顺,也不可能分身24小时来为你全天候服侍呀！所以,传统的养儿防老的观念得更新了。老陈介绍的上海颐和苑开创的以"家"为目标管理、以"田园"为生活环境的比肩国际的"幸福养老"新高端理念,那不是很值得我们体验和仿效吗？

然而,这四五年来,我和夫人还一直在被传统观念束缚着,还没有意识到这一点,还没有来得及考虑这件事。我的心思,我的精力,这几年来却一直在为实现我父亲的心愿而忙碌着。

我父亲生前一直有一个宏大的愿望,就是要修订一下我们金氏家族的"家谱"。

记得我母亲刚去世不久,有一天,父亲特地打电话把我叫去,说有要紧事相商。

我一到那里,屁股还未坐定,父亲就从柜子里搬出五六本发黄的线装家谱。我一看,这还是20世纪50年代他托人从乡下带到上海的。

修家谱谈何容易？我屈指一算,这部发黄的家谱,距今已有六七十年了。

相隔这么久,你想想,金氏家族一代代地繁衍,那要涉及多少人与事,这又要花多大的精力呀?

我把这一情况分析给父亲听,他这才猛然醒悟,笑着说:"我没想到这么复杂。我原本以为,只要你抽出时间打打电话,写写弄弄就成了。"

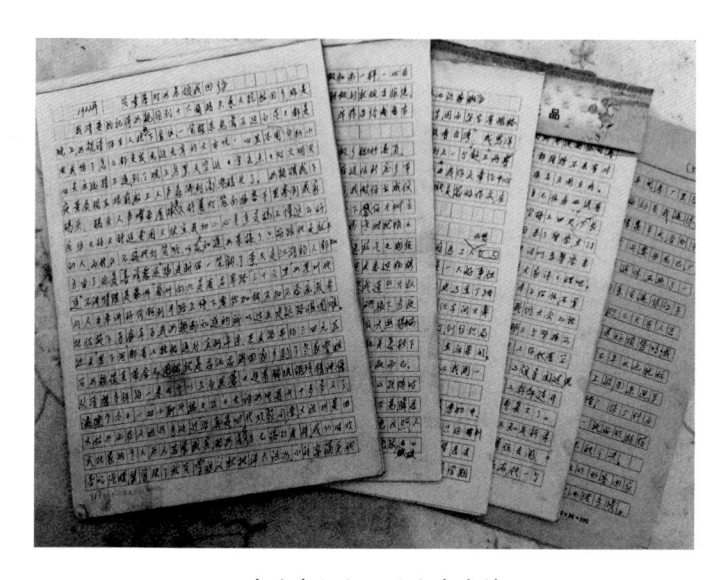

父亲为我们留下的宝贵资料

不过,为了却父亲的这一心愿,我建议他从"小"处着眼,先写写我们金氏一家几代人的家史。我对父亲说:"爸爸,眼下最紧迫的,就是趁您健在,脑子还清醒,尽快把自己一生经历的苦难,把我们金氏祖辈不屈不挠的奋斗史,用笔把它原原本本地写出来。然后,我再根据这些文字材料,抽空来撰写我们的家史。您看,行吗?"

"这个主意好!"父亲听后,高兴地点了点头说。

这时,我又对他说:"这一想法,我早就有了。几年前,我去江苏盐城参观新四军展览馆,就是为写家史做准备的,因为我对我出生前后家乡的历史背景不太清楚。"

父亲一听,更为高兴。于是,没过几天,他就开始做准备,着手写自己的回忆录了。

第一章　艰难的抉择

我父亲虽仅读过几年私塾,但他文字功底不错,写得一手好字,而且是一位很有毅力的老人。此时,尽管他已九十高龄,但他每天仍坚持不懈,戴着老花眼镜,一笔一笔地写,写了改,改了写,花了整整一年工夫,终于为我们留下了三本宝贵资料。他用平实的语言,真实而详细地记录了他与苦难、与恶势力抗争的一生。

为了实现自己对父亲的承诺,完成父亲的心愿,我从2012年开始,便集中精力,专心撰写我们金氏三四代人的家史。

写史,是件很复杂的事。哪怕是家史,也不那么简单,头绪很多。为破解这一难题,写起来方便些,更有亲切感,我决定分步进行:第一本先"由近及远",以"我"为主线,追忆半个多世纪来我们金家的"人"和"事";再由点到面,写第二本,写一写我们整个"金家门"。

记得那年夏天,天特别热,几乎天天是38 ℃,但我一直赶着写,边写边改。经过八九个月的努力,一本40多万字的书稿,终于在2012年9月25日上午完成。我起了个颇有点"史"味的书名,叫《岁月留痕》。因为我是从事教育工作的,又是一名教育记者,书中收录了不少我采写教育名家、名师的文章,所以我随即将书稿送给我特别敬重的于漪老师,请她帮我审阅并为之写个序。

完成了第一本书稿,我很是庆幸。但令我意想不到的是,这天下午一点左右当我回到家时,就接到了三弟正国的电话,说父亲已于中午驾鹤仙去了。

我思前想后,不禁感慨万千。这难道是巧合?不,我想,这也许是天意!父亲在冥冥之中,似乎已得知我了却了他一个心愿,从而再无牵挂地安然而去了。

就这样,老陈爆出的这一寻房"新闻",不仅颠覆了我的养老理念,而且引发了我对茫茫人生的追忆和思考。

其实,这又何尝是我一人呢?它就像一块石头丢进了平静的湖面,激起了一波又一波的浪。

那天,在座的几位老友,特别是同来的夫人们,一个个都急切地要步老陈的"后尘",提出要亲自去颐和苑看一看,实地考察一下,以便更早、更好地为自己人生的这最后一程作好安排。

于是,我们选定了日子,准备元旦后前往。

全新的养老方式,最佳的养老驿站

元月七日,新年的鼓声还在耳边萦绕,我们一行十人,就按照预定的日子,上午九时不到,相约来到了地铁一号线莲花路站乘车点。

金山区地处上海远郊。我20世纪80代去采访,要坐上半天的车子,一路颠颠簸簸。如今高速公路四通八达,一小时不到,我们就来到了坐落于朱泾镇东侧、地处金山著名水果公园北端的老年服务中心——上海颐和苑。

一进大门,透过车窗,眼前的一切,就令我十分惊讶:这哪里是养老院?这与我见过的市区街道办的敬老院和我父亲住过两三个月的护理院,真有天壤之别。这里的环境,我想,完全可以与国内顶级疗养院或高端避暑景区相媲美。

下车后,我更兴致勃勃地浏览起周围的田园风光:

你看,左侧一幢幢典雅的、酷似联排别墅的低层建筑,在阳光的照耀下,格外引人注目;右侧是半月形的大草坪,绿草如茵。她和会所相连,更彰显出颐和苑的博大胸怀!大草坪外,则是一大片果园。再远处,是一片视野开阔、恬静安宁的田园和一座座散落的农舍。我看着,看着,那白墙青瓦,那小桥流水,不禁勾起了我对故乡的眷恋和思念。

乡愁,是一份浓郁的故乡情结。故乡始终是生活不可分割的组成部分。这里,似乎又让我见到了故乡的影子。

我自幼在农村长大,故乡是历史上有名的苏北抗日根据地。我的出生地,是一个很不起眼的小村庄,仅三十来户人家。小村庄东西走向,分前庄和后庄。前庄和后庄之间,有一条小河流过。村东头,也有一座像这里不远处的那不太宽的小木桥。这是一座通向我儿时读书地方的必经之桥。我的家乡虽比不上这里,很穷,但看到眼前这田园农舍,这小桥流水,不知怎的,我仿佛一下子又回到了阔别已久的故乡。我惊讶地发现,我开始对这里产生了一种久别的爱。

这次接待我们的,是一位三十出头、很秀气且充满工作热情的年轻人。她叫周菊贤,脸上始终洋溢着微笑,很有亲和力。当时,她还是一位普通的市场部专员,现在已升到领导岗位——副总经理。

那天,她引领我们参观了颐和苑的里里外外。特别引人注目的,是位居颐和苑核心位置、由三层楼组成的高雅大气的会所。这里,集各种文化、体育、娱乐以及社会活动场所于一身。其内设有餐厅、小型超市、多功能厅、棋牌室、钢琴室、小型影院、美发室、图书阅览室、书画手工室、会客厅、球艺馆,等等。此外,苑内还配置不少老年朋友的健身器材,长者们可以在这里进行日常的健身运动,如练太极拳、做回春保健操等。而每逢各类节假日,苑方还会组织安排各种庆祝活动,打造精彩多趣的老年生活。

我们十来人边走边看,一个个赞叹不已。小周还告诉我们,依据长者的爱好,苑方还组建了十多个兴趣小组,诸如绘画组、书法组、桌球组、钢琴组、歌唱组、桥牌组、种植组、布艺画组、编织组、手工组、舞蹈组、电脑多媒体组等。这些兴趣小组的成立,大大满足了越来越多的老年朋友对知识的渴求。参加兴趣小组,不但可充实自己的思想,也因此可以结交志同道合的朋友,使晚年生活更加丰富多彩。

一路上,我们在闲聊中惊喜地发现,这个眼前的市场专员小周,似乎有点"大材小用"。因为她的专业知识面很广,不仅先后学习过临床医学专业、妇产科专业,而且在硕士研究生学习期间,还在上海交通大学研究生院、香港大学医学院经过一番"临床医学研究生前沿技术强化轮训"和"交流学习",有着扎实的专业基础。而且,让我意想不到的是,眼前的小周还有一段留学的经历:在2010年至2015年的5年中,她还去了美国加州居住生活,学习和了解美国当地文化。所以,她现在能讲一口流利的英语。显然,今天新兴的养老事业比起传统的养老,无论是从理念还是从技术层面,都已是不可同日而语。颐和苑能招聘这种既有厚实的专业基础，又有较为开阔的国际视野的人才，也一定对未来发展充满着希望。

从会所出来，小周又带我们参观了颐和苑的总体布局——从养老院到养护院再到还在装修的护理院。特别是看了不同住房户型的配置，更令我们赞叹。

从房屋形体外观到室内装修、家具设计和用材选择，以及各式高档名牌厨卫设施和家用电器，都令人十分满意。更令我欣赏的是，这里室内除设有冷暖两用中央空调设备外，在所有用房内，都安装了地暖可供同时使用调节。这会使你即使在严冬季节，也会体验到春秋季节般舒适。

在谈到颐和苑的管理模式时，小周说："作为一家集养老、护理为一体的综合性老年机构，颐和苑尊重每一位老者的生活需求。我们的周保云理事长独具慧眼地与丹麦著名养老机构——丹麦执事家园进行合作管理，实施以'家'为目标管理、以'田园'为生活环境，把传统的居家养老与机构养老进行有机结合的一种新模式。"

确实如此。我们在参观中发现，颐和苑的户型设计，从结构布局、软装配饰等方面都融入了"家"的元素，区别于传统机构养老、养护的居住环境，使老人处处感受到家的温馨和幸福。不仅如此，颐和苑作为一家定位于国际化的高品质养老机构，还配置了充足的生活管家，为长者提供24小时贴心的管家服务。借助智能化的信息系统，只要在院内，老人可以全天候呼叫到服务人员。此外，生活管家还为老人提供代办生活琐事等服务，这可有效地保障老人日常生活的舒适性和便捷性。

走出一幢幢单元大门，我们一行十人又被眼前气势磅礴的150亩生态果园所吸引。小周告诉我们，周保云理事长为率先将绿色低碳的田园生活方式引入日常养老生活中，斥资千万打造了150亩的果园生态林，并进行有机的区域划分，构筑了数个自然主题生活活动区，其中包括了活动大草坪、橘子园、无花果园、桃园、枇杷园、梨园、种植园，等等。丰富多样的活动区域，给老人们带来了更多姿多彩的休闲时光。

听小周说,入住这里的长者,还可申请一份可供自己种植的菜地。这是回归田园式生活的一个重要组成部分,也是颐和苑独具的一道亮丽的风景线。

我们沿着围绕果园的 1500 米环形绿色塑胶健身步道信步走去,只见在果园中央有两座木制中式圆形凉亭遥相映衬,显得格外耀眼。果园外侧的小河,静静的流水,就像一条流动的带子一样向前延伸。小周说,这也是经过精心设计的,它与苑外河道一样,潮涨潮落,相互连通。它不仅给果园提供了充足的水源,更给颐和苑增添了一条流动的景观。

在生态大果园走了一圈,我们一行来到了苑方特为老人们设计的钓鱼台。这时,坐在黑色的精致而舒适的椅子上,放眼望去,可谓"极目楚天舒"。我闭上眼睛,开始体验着我不曾有过的"采菊东篱下,悠然见南山"的绿色夕阳生活。我心里在默默地想:这里也许就是我最佳的人生驿站。

周理事长现场化心结

中午,我们用完了免费的午餐,便在餐厅里和小周一起座谈交流。

小周是个很阳光很爽快的年轻人,为人亲切和善。她对我们的提问,有问必答。一时讲不清楚的,特别是有关政策方面的,她都一一记下。她坦诚地对我们说:"不好意思,我也是刚来两三个月,对新兴的养老事业还是个门外汉,也在学习了解中。"

说话间,小周一眼发现周保云理事长正向餐厅走来。她就像搬到救兵一样高兴地对我们说:"这就是我们老板——周理事长,你们还有什么需要问的,还有什么解不开的心结,尽管提,他一定会给你们一个满意的答复。"

言毕,小周把我们一一向周理事长作了介绍。

坐在我们面前的周保云,看上去五十开外。不知怎的,我们和他初次接触,就有一见如故之感。他那含笑的脸上,显得朴实、厚道,没有做作,很有亲和感,更没有财大气粗的商人气息。这是他给我留下的第一印象。

在人们的心目中,大凡商人,皆为利而来。然而,周保云在他一生经商生涯中，却并不尽然。他向我们介绍了创建颐和苑的初衷。他讲了自己经过多年的拼搏，在经济上获得富足之后，是如何以赤子之心，寻求以最佳方式，并充分利用家乡天时、地利、人和的有利条件，最终选择回报社会和家乡为宗旨的公益性新兴养老行业作为他新的创业目标，实现自己报效祖国的全部思维过程。他动情地说："在我的人生旅途，颐和苑是我步入中年以后不以'赚钱'为最终目的的'第三次创业'。我们颐和苑是一家由政府资助的民办非营利性的养老机构，不去追求单纯的物质利益，而是力求对社会回报。像今天能呈现给大家这么一座漂亮的养老院，我就很有成就感。对我而言，这也是一种利益。我认为，人生一辈子能做几件被社会认可的事情，这才是最大的利益。"

讲到"非营利性"，我们也直率地向周理事长和盘托出了纠结在心头的种种担心和忧虑："周理事长，你也知道，天下熙熙，皆为利来；天下攘攘，皆为利往。作为一个企业家，投资不就是为了分红吗，怎么会'非营利'？颐和苑总规划用地约200亩，总投资12亿元。如今，项目一期养老机构及养护中心已用去3亿元。接下来，二期工程还要有大笔资金投入。非营利性，如果一旦资金链断掉，怎么办？这是我们最为担心的。"

打开心灵之锁，要靠心灵去沟通。这一非同寻常的深层次问题，也深深触动了周保云的心。他点了点头，略有所思地笑了笑说："我很理解你们的心情。不过，这里讲的'非营利性'，是指营利不能作为投资分红。那么，图什么？我想，考虑这个问题，我们不能只看到事物的一个方面。因为，这个'利'，除了普遍认为的是物质利益之外，对价值意义的追求所带来的幸福感，这也是一种'利'。其实，幸福才是人的最高利益。"

说到这里，周理事长喝了一口茶，又针对我们的"心结"笑着说："至于资金链的问题，这不用担心！我们事先都作过预测。尽管，颐和苑在最初几年要处于亏损的状态，但我可用其他地产的盈利来填补它。这是我早就有准备的。况且，颐和苑是在政府扶持和监管下运行的。我创办颐和苑，是作为一项公益性非营利的项目来做的，所收取的费用比同档次的养老机构要低。机构的营运费用,除了入住者所交费用,还可以争取到政府相关部门的补贴,只要做到不亏本就行了。这样可以让更多具有中等养老金收入的长者来这里安度晚年,这也是我的一种心愿。"

这一番入情入理的话语深深地打动了我们的心,我们还有什么不放心的呢?!"心结"化解了,还犹豫什么? 于是,我们新来的几家当场交了订金,真心实意地把这里当作第二个新家了。

小周也为我们找到新家而感到高兴,脸上露出了灿烂的笑容。

第三节　交了订金之后的日子

生活,就像一个猜不透的谜,变化莫测。

2016年元月7日,我们新来的几家交了订金之后,一个个就像铁了心似的在做入住前的准备。

但生活是无情的,并非我想象那么简单。传统的观念,对人们的影响更是根深蒂固。我不曾想到,在我交了订金之后的那半年时间里,生活中发生的那一次次意外,不仅使我经历了一次次思想的煎熬,而且面临了一次又一次无形的考验,最终为解决资金短缺的问题,又不得不痛下决心,做出了我有生以来的最大一次的艰难抉择——卖房养老。

不过,现在回想起来,我跨出的这人生非同寻常的一步,仍值得细细回味和思考;回望身后留下的那一串串脚印,更使我深深感到:这一步的迈出,又是多么不易!

饭桌上的风波:是居家养老,还是机构养老?

这风波是在猝不及防中发生的。

那是2016年四五月间。我夫人的一个弟弟退休了,为纪念这一日子,他特地在大酒店摆了两桌酒席,盛情邀请我俩出席。

退休,是人生中的一个转折点,它会给人带来不一样的夕阳生活。宴席上,徐家兄弟姐妹好不亲热,谈笑风生。特别是讲起那儿时的趣事,更是笑得直不起腰来。如今,几十年过去了,一个个都老了,退休了,但这晚年的人生该如何度过?这自然又成了这饭桌上逃不过的话题。

去前,我生怕节外生枝,就曾关照夫人,我们到颐和苑养老的事,暂时不要同他们讲。因为我知道,我们的这一举动,非同寻常。迈出这人生一步,无论在观念上,还是在行动上,它都远远超越了一般人的思维模式。

人的观念,一时是很难改变的。我们中华民族自古以来一直以"孝"为大,倡导传统的居家养老模式。一家几代人,同住一寓,老人在温馨的家中,含饴弄孙,尽享天伦之乐。这延续几千年的养老模式,它深深地扎根于我们中华民族儒家文化的土壤之中,有着广泛的思想基础。

但事与愿违。我尽管事先同夫人打过招呼,而她不知怎的,在饭桌上还是说漏了嘴,把我们即将去颐和苑养老的事,无意中给捅了出来。顷刻间,我还未回过神来,就引来了一片强烈的反对声:

——"怎么,姑父,你们要到金山养老院去养老?那里地处'石化',空气质量不要太差噢!比起你们西郊宾馆旁的四层楼公寓差远了!"

——"什么?二姐,养老院费用这么大,先要付145万,然后每个月每人还要付服务费1500元,那我看还不如请个保姆呢!"

——"姑妈,你们要当心,现在社会上骗老人的钱,花样不要太多噢!外地不少地方都打着养老的旗号,高息揽储,许多老人一生积蓄往往换来一纸兑不了现的合同。这惨痛的教训,千万要小心呀!"

…………

这真是一石激起了千层浪。我和夫人面对着这一连串的反对声,一时真有口难辩,怎么也招架不住。

不过,这一声声质疑和不解,有的是出于主观想象;有的是因为情况不明,还停留在过去的成见上;更多的是受传统观念的影响。我和夫人在进行了一番必要的解说后,想出了一个两全其美的方案,就是邀请他们择日亲自到金山颐和苑去走一走,看一看,一起来为我们把关:究竟是居家养老好,还是机构养老更有保障。

几个月以后,一个晴朗的上午,他们应邀来到了颐和苑。眼前,颐和苑里那一幢幢法式的建筑,那周边迷人的景观,还有那小管家一个个鲜花般的笑脸,使他们脑中固有的传统居家养老的观念,遭到了前所未有的颠覆——这哪里是养老院?!他们从心底里发出了这样的感叹!

我夫人的兄弟姐妹应邀来到颐和苑

我趁此告诉他们,这二三十年来,随着我国社会的变革,经济的发展,城市的家庭结构也渐趋小型化,如今三口之家比比皆是,"空巢"老人越来越多,传统的居家养老再也不能完全适应社会发展的需求了。特别是,目前我国已进入人口老龄化加速期,因此养老面临着巨大的压力,单靠传统的居家养老,已越来越不适应不同家庭、不同阶层人员的实际需要。

在参观中,我进一步向他们介绍周保云理事长创建颐和苑的初衷。他是一位很有爱心的创业者,经过多年的拼搏,在经济上获得了一定的实力之后,运用自己的智慧,在我国养老行业中开创了"幸福养老"和"以人为本"新型养老的模式,并选择了与全球老人幸福感指数最高的丹麦,以及有着半个多世纪养老管理经验的丹麦执事家园进行合作,还由该机构派出亨利总经理和乌拉副总经理,对颐和苑进行日常全面管理。正是因为有这样一支高素质、高度人性化的最先进最优秀的管理服务团队,为我们提供最佳服务,所以才使得入住这里的每一位长者,都能获得高品位的幸福感,每天都过得特别充实、开心、快乐。

在实地参观中,每到一处,他们都深感这里的一切,确实出乎他们的意料,这和他们脑中原有的公办敬老院大不一样。这里,无论是从它的设施,还是环境来看,完全可以与国内顶级疗养院或高端的避暑山庄相媲美。

现实是最有说服力的。面对着绿草如茵的大草坪,遥望远方,他们深感这里的空气格外新鲜,根本没有想象中的"污染源"。更让他们惊喜的是,一走进我在这里的新家,推开窗户,呈现在他们面前的,满眼是一大片果园,还有那绿色的环形塑胶健身步道,一个个都不由得赞叹:这里真美,真好,真是个养老的好去处。

他们一行来到会所——综合楼,这里的琴棋书画,令他们流连忘返。电影院、卡拉OK、桌球房不时留住他们的脚步。他们看到,这里一室一世界,许多老人在兴趣盎然地参加自己喜欢的活动。

我的新家令夫人的兄弟姐妹惊喜

特别是当他们听了市场部专员的详细介绍,这里的机构养老是作为一项公益性、非营利性项目来做的,完全不同于商业性的以营利为目的养老机构,感到我们的选择是对的。因为它所收取的费用,比同档次的养老机构低。这里的机构营运费用,除了依靠入住者所交的费用,还可以争取到政府相关部门的部分补贴。对经营者来说,只要做到不亏本就行了。这一公益性的非营利的做法,很快打消了他们原先认为的我们可能"受骗上当"的错误看法。

时间是短暂的。但在这短暂的时间里,我看得出,他们的内心深处在发生变化。他们一个个都在用手机不时地记录着眼前看到的一切,那令他们震撼的"景"和令他们感动的"人"。

果然不出所料,第二天一早,我和老伴就收到了他们连夜做出来的"美篇"。他们是在用"心"把自己的感受,化成一个个生动的画面,与"群"里的亲朋好友一起分享。

我也没有想到,饭桌上的"风波",就这样很快地平息了。

是一起"走人",还是坚持"留下"

入住颐和苑的各项准备工作,在紧张有序地进行。

当时,我们交了订金的五家,为能早点入住,又曾几次相约来到颐和苑,看房、选房、定房,畅谈今后那令人神往的"桃花源"式的幸福养老生活。

人老了,都希望有朋友相伴。现在有这样的机遇,我们五家无不为此而感到欣慰。有时候静下来想想也很高兴,你瞧,五家中有四家是大学同学,还有一家是亲戚关系。而且,我们在退休前,大多又是从事新闻出版和影视工作的,有着共同的语言、共同的心声,如今走到一起,共度晚年,那是一件多么美满的事!

可就在我们一切准备得差不多时,天有不测风云,我们抱团养老的美梦一下子给无情地打碎了。

2016年2月14日,我老同学史老师的姐姐——中国影视界很有才华、很有成就的女编导史蜀君,突因心功能衰竭而逝世。

听到这一噩耗,我们一个个都不敢相信这是真的,太突然了。几月前,她还和我们一起看房、选房,还和我们一起座谈讨论,甚至同周理事长商量着今后要为颐和苑"幸福养老"生活拍个大型纪录片。我在和她交谈中,见她的言谈举止,是那么高雅,那么有风度;她对生活又是那么充满着爱,充满着生命的活力,想不到这么快就走了,年仅77岁!我们一个个都深感悲痛,并为之惋惜。她的妹妹、妹夫和家人更是痛不欲生。

史蜀君,称得上我国20世纪80年代杰出的女编导。从1983年到1995年这短短的十多年中,她先后导演的电影有《女大学生宿舍》《庭院深深》《小娇妻》等七部作品;电视剧有《月朦胧鸟朦胧》《夏日的期待》《女大学生之死》等十部作品。其中,执导的《女大学生宿舍》获1983年文化部优秀影片奖、《文汇报》新时期十年最佳处女作导演奖、卡罗维发利国际电影节处女作最佳导演奖。为了纪念她,上海电影制片厂在这年的春节期间,特地为她在上海影城举办了电影作品回顾展。我们都怀着沉痛的心情,细细地观赏着这位艺术大师生前的作品,为她在电影艺术上的贡献感到骄傲!更为中国影视界失去这样一位优秀的女编导而痛心!

一个这样有成就的人,顷刻间,就这样无声无息地走了。我们怎能不为之痛心!

"抱团"养老,也就此化为泡影。

接下来怎么办?史蜀君的先生原来还想按既定方针办,仍选择在颐和苑养老,并特地去调换了房子,但最终也许因为不想再回忆起这段往事而放弃了;她的妹妹和妹夫,我想也是出于同样的原因而告别了颐和苑;而比我还小得多的另一位老同学,也许受此影响和出于家庭实际状况,考虑再三,最终还是选择居家养老的方案。

至此,原先的五家,仅剩我和老陈两家了。是一起"走人",还是坚持"留下"?这成了摆在我面前一时难以解开的难题。

我由此思想上展开了一次又一次的斗争。

怎么办?我又一次把居家养老与机构养老作了比较,并权衡两者的得失。

论眼下的身体状况、住房条件,还有就医问题,我比来比去,天平似乎在向居家养老倾斜;但反过来,我转而一想:人世间,事物是复杂的,没有绝对的"孰是孰非"。特别是对我们这些年过七十的老人来说,身体的好与坏,往往是"此一时,彼一时"。今天还好好的,说不定明天就给你"颜色"看。我想来想去,思虑再三,为能保障有一个好的养老环境,今后能过着有尊严的养老生活,觉得还是应从长远计,一切以身体为重,先选择一个条件好的机构养老。若今后情况有变,再走一步,看一步,那也不迟。

养老,也是一门学问,也要善于"经营"。事实证明,我当时的选择,现在看来还是正确的。

是举债养老,还是卖房养老

好事多磨,此话又一次得到了验证。

你看,先是饭桌上的风波,接着是无形的考验,现在又遇到了缺钱的尴尬:我算来算去,要把去颐和苑养老的款项交齐,就是把所有的存款都取出来,不管它是定期的还是活期的,加起来还缺三四十万!

这是一笔不小的数字。怎么办?

我第一个想到的是借。可借,谈何容易!这又不是一万两万,这个月借了,下个月,我就能还上。如今是三四十万,谁手头有这么一大笔"活"钱?即使有,人家想借你,一问,你是举债养老,也会感到有点不可思议。我也不好意思开这个口。

举债不行,唯一的办法,就是卖房养老。这也是当今社会所提倡的。

卖房,我早在一年多前就尝试过。可那次挂牌,历经半年,很少有人问津。虽最后有位买家看上了,即刻就可以签约。但当时附近正好有一新楼盘上市,而令我不解的是,在同一地区,二手房与刚开盘的新房,每平方米的价格要相差三四万元。而且,在某种程度上,我住宅的环境、楼宇的品位,比这新开盘的公寓房还要好,不仅与西郊宾馆隔路相望,而且又是低密度,楼高仅四层。我住在底楼,还外带一个30平方米的小花园。如此的反差,我无法接受。于是,我狠下决心:不卖了。

这次,机遇来了。

2016年2月19日,春节一过,我就让中介挂牌出售。不知怎的,这次看房的人络绎不绝,空前的多。第一天挂牌,上门看房的人就有6户,忙得我应接不暇。截至3月10日成交,短短18天,前后就有26批看房者。

相中的人不少。有一对年轻夫妇,对我这套房子可谓"一见钟情",生怕被人"抢"走。

有一天,这家女主人一早就来敲我们家的门。她怀抱一只老母鸡,手提一篮鸡蛋,往我们家门口一放,没讲两句话,转头就走了。当时,我老伴不在家,我还以为这是托她从乡下买来的。因为这对年轻夫妇,家住在宝山的美兰湖,那里走出去就是乡间。我们曾听她说过,他们家吃的鸡蛋都是农民家鸡生的,正宗的草鸡蛋。可老伴回来后,我一问,她根本没有托过。

第二天,我们通过中介一了解,方才明白,原来她和先生这些日子来,早就在附近跑了不少小区,先后看过很多房子,我们这一套他们最为满意。不但环境好,房子很新,好像刚装修过似的,而那院子——小花园,她们一大家,从老到小,一个个都满意极了。特别是这年轻的主妇,对我们这套房子,好像更是非此莫属。因为她单位就是我们马路对面的同仁医院。原来上班,从家里到这里单程就要两个多小时。如果买下这套房子,步行上班,五六分钟就够了。

见她这般钟情,又是如此地有诚意,我特意主动地将总价降了两万元。送上一只鸡,降了两万元,这对年轻夫妇喜不胜收。

而我,卖房养老也获得圆满成功。

好事多磨。从2016年元月7日,我们一行初访颐和苑,到2016年6月6日,我正式入住颐和苑,在这近半年的时间里,生活中的一次次"意外"——"饭桌上的风波""无形的考验"和"缺钱的尴尬",经过这一次次"磨合",如今终于"磨"出了我颐和苑养老——夕阳别样红。

人啊,就是在这样艰难的抉择中奋力前行的!

第二章　别样颐和苑

这是一家非同寻常的养老机构。在现今上海的700多家养老机构中，她是唯一一家由社会资本投资运营、政府合作并监管的民办公助的非营利性养老机构。

她管理模式也与众不同：选择了与丹麦的非营利性养老机构丹麦执事家园进行合作管理，成功地打造出了一种新颖的——以"家"为管理目标、以"田园"为生活环境的独特的"家庭式养老养护"模式。

第一节　总经理亨利送花到我家

"咚咚……"走廊里传来一阵轻轻的敲门声。

"谁呀?"我边问边向门口走去。

打开门,我没想到,站在我面前的竟是来自丹麦的总经理亨利,高大的身材,显得很魁梧。同来的,还有运营总监梅女士和我们2号楼的小管家吴海燕。

"您好!"亨利手捧鲜花,用中文笑着同我与夫人打招呼。

我们的双手紧紧地握在一起。

这是2016年6月6日上午,我们入住颐和苑的第一天。

接过亨利手中的鲜花,我们便在客厅里边喝茶边攀谈起来。

听说,亨利也刚来颐和苑不久。梅总监介绍说,他是2016年4月,由丹麦执事家园派来颐和苑任总经理一职的。但他却是个"中国通",大学毕业后不久,他就来到中国,研究中国社会文化及历史。1988年至1989年,他在同济大学学习中文,所以会讲一些中国话。

"我还是你们上海的女婿呢!"亨利笑着插话。

"真的?"我有点惊奇。

"这还能有假?她就在上海虹口区工作。"亨利自豪地回答。

后来,我了解到,亨利是一位社会人类学家。在过去的20年里,他主要在中国以及东南亚做一个国际发展型项目,包括组织机构及社会团体的发展,老年护理、教育,对少数民族的支援及环境保护。1992年7月至1993年7月,他还曾与我国广西社会科学研究所合作,就有关于广西地区的侗族人的田野工作进行为期一年的研究,并由此获得王储弗雷德里克奖。他说:"我相信,我过去的经验及经历将会对颐和苑很有用。"

亨利十分健谈,尽管中文还讲得不太好。他说:"来到这儿,第一个打动我的是,这里的所有人,无论是员工还是老人,都用'家'来形容颐和苑。很快,我就意识到,'家'在这里,并不是一个苍白的比喻。这里的员工及入住老人都是真正将对方看成是自己家庭中的一员,而且这种关系,不仅仅存在于员工与入住老人之间,也存在于入住老人之间、员工之间。这里,所有的人都在竭力想要构筑一个更美、更和谐的颐和苑,他们互相帮助,提出建设性的意见,并一步步改善。我看到不少入住老人都主动地协助苑方开展活动,还有不少义工来到这里,开展各种公益活动,这些都是颐和苑精神的证明。"

总经理亨利捧着鲜花来到我家

亨利不愧为总经理,讲的话,句句入理。

听梅总监说,担任颐和苑副总经理的乌拉也来自丹麦。早在2015年5月,颐和苑尚在筹建阶段,乌拉女士就来到中国,来到颐和苑,并担任护理院院长一职。亨利说:"我和她一起代表丹麦执事家园作为颐和苑的合作伙伴来到这里,我们的任务是在为颐和苑构建一座桥梁,结合中国国情,将现代的丹麦式养老理念及应用价值灌输至颐和苑。副总经理乌拉,主要负责培训及质量监控。由于历史文化、社会习俗的不同,中丹结合是一项非常艰巨的任务,它需要以一种特定的方式去实施,并需要考虑入住老人需求及意愿。然而,初步看来,颐和苑和丹麦执事家园在理念上已经有很多共同之处了。"

是呵,颐和苑之所以选择丹麦执事家园作为合作伙伴,是因为它在养护院的管理上有近乎60年相关经验及应用价值。丹麦是世界上老年人幸福指数最高的国度。丹麦式理念的核心价值观,是对每个人类个体表现出信任、尊敬、平等以及尊重。在丹麦,无论你贫穷或者富有,年轻或者年老,社会地位高或低,都是平等的,都会被平等地对待。他们高度强调,要将每个个体看作一个完整的人,即将他/她毕生独有的经历与他们的年迈一起,带进颐和苑。理解并尊重每一个个体的背景,并尽最大的努力给老人们创造一个舒适宜人的生活环境。

丹麦式理念还强调,老人应该主动而不是被动地享受服务。亨利总经理常对员工和老人们说:"积极的生活,无论是身体上还是心理上都是非常重要的。所以,我们应在此基础上提高我们的服务。我们在实践中也充分意识到,只有在一个温馨互相尊重的人文氛围里,老人们才会真正幸福。"

丹麦人做事是很规范,很严谨的。他们是这样说的,也是这么做的。

入住颐和苑不久,我就听到市场部专员说,颐和苑开业之初,丹麦执事家园的CEO Emil Tang先生就莅临颐和苑做现场指导,并赋予管理团队"幸福养老"这一最为重要的价值观。Emil Tang先生还仔细查看服务的每一个微小细节,如铺叠老人的床单被子。他还亲自示范如何使用国际先进养护设备——升降吊篮,将瘫痪在床的老人移至轮椅上。他说:"我们要把每位老人都视为一个有价值、有个性的个体,满足老人在生理、心理、社交、文化和精神方面的需求。丹麦倡导以人为本的理念,让老人过上有尊严、有品质的生活,让居住于机构内的每一位老年朋友都能感受到来自服务管理团队的专业与关怀。"

新的生活,一种从未有过的来自专业团队的关怀和服务,就这样在我和夫人的面前展开了——

每天,我看到的是,鲜花般的笑脸;听到的是,亲切般的问候。

来到这里,我似乎又回到了学生时代。每个周末,我们就会收到下一周排得满满的"课程表",供你选择,看电影、听讲座、外出参观游览……活动种类很多,只要你愿意,都可"推门而入",都可乘车前往。

这里的服务人员叫"管家",都是二三十岁的小青年,充满青春的活力,看到他们,觉得自己似乎也年轻了几岁。他们一个个满脸堆笑,很远就同你打招呼,比自己的儿孙还亲热,老人们都称他们叫"小蜜蜂"。

"小蜜蜂"很勤快,像家人那样关心老人、服务老人,随叫随到。

一会儿电视打不开,"小蜜蜂"即刻会"飞"到你家里,帮你调试好;一会家里灯泡坏了,一个电话,"小蜜蜂"又让电工来帮你调换。

一次,我小孙子周末来看望爷爷奶奶,晚上在卫生间洗澡,不小心按了一下紧急呼叫按钮,几分钟不到,"小蜜蜂"就"飞"到了我家门口:"叔叔,您有什么紧急事要我帮忙的吗?"

"对不起,是我小孙子无意中按错了!"我只好这样表示歉意。

"没关系,以后有什么事,叔叔,您尽管吩咐!""小蜜蜂"真诚地对我说。

这里的环境也很美,很适合老年人居住、生活。你看,在我家窗前,那150亩果园生态林的边上,有一条总长约1500米的绿色塑胶跑道,两旁绿植掩映。这是老人清晨锻炼、饭后散步的绝佳去处。每天清晨或晚间,老人们漫步果园,移步换景,心旷神怡。那远高于市区的负氧离子与清新的空气,会令你身心透爽,这无疑将大大有益于老年人的健康保养。

一天,我在晨练的路上碰到了一位80多岁的老人,他叫陶克俊,金山本地人。我俩边走边谈,越谈越投机。他说,他和老伴李丽珍是入住颐和苑的首户。早在颐和苑刚破土动工时,他们就看中了这块养老的地方,后经与子女商量,决定卖掉老房子,并将原先住的房子里的物件,一起搬到了这个颐和苑的新家。经过一番布置,这里与原来的家没啥两样,反而在硬件设施上高了个档次。抽水马桶是智能的,还有中央空调和地暖,居住环境相当不错。

老陶是个爽快人,讲话有板有眼,也很风趣。他特别向我讲起,最令他和老伴风光的那件事——

2015年10月26日,颐和苑落成开业。那天,他大儿子夫妇特地驾车相送——告别居住34年的老家,入住法式别墅般的新家。车子刚驶入大门,只见理事长周保云先生正带领团队在大厅门外迎候。此刻,鼓掌、鲜花、合影,场面热烈而又温馨。

讲到这里,老陶禁不住神采飞扬。然后,他又感叹地说:"年纪大了,总想要有个好的归宿。如今,颐和苑的人性化的养老服务,让我感到百分之百的满意,也让我儿子放心了!"

颐和苑里的日子,过得很快。不知怎的,一晃,6月过去了,7月又结束了。这个月,有三项活动,令我至今难忘:

——7月6日下午2点,"魏雨佳钢琴独奏音乐会"在颐和苑多功能厅拉开了序幕。这是一个青年音乐家公益音乐演出,喜欢钢琴的她,6岁便开始踏上音乐的道路。此时此刻,她为颐和苑的长者带来了一场别开生面的充满活力的音乐演出……

——7月中旬举办的生日会。这天,多功能厅内一片欢声笑语。原来,这里正在为院里7月出生的数位长者庆祝生日。大家一起合唱生日歌,吹蜡烛,切蛋糕,这些寿星们都笑得合不拢嘴。生日会高潮环节,更有来自院内其他长者的精彩演出,为台下的长者们带来了无限的欢乐。瞧,我们的总经理亨利还为长者们送上了中国传统特色的剪纸作品。

——7月下旬的一天,苑方组织长者到桃园里采摘黄桃。颐和苑里的黄桃熟了,我夫人徐老师也参加了。大家挎着篮子,兴高采烈地到果园林里去采摘黄桃。这一个个果实饱满的黄桃,不由得令长者们一个个面露喜色。

这一项项活动,都是我有生以来的第一次经历、第一次体验,是我人生中难得的欢乐时光。

7月过后,转眼间,苑内的员工就开始为国庆及随之而来的周年庆做准备了。节日的气氛越来越浓。

这几个月住下来,从接过总经理亨利手中的鲜花,到参加一次次精彩的活动,我和夫人的第一感觉是,入住颐和苑,我们的选择没错。

夫人在摘黄桃

第二节 开门是"大家",关门是"小家"

不知怎的,我和夫人在颐和苑养老的消息,很快地在亲朋好友中传开了。

平静的生活,一下子被打破。它就像一块小石子丢进了平静的湖面,顷刻激起了阵阵的涟漪。

于是,一批又一批的同学、同事、学生,还有金家门、徐家门的兄弟姐妹,来到了颐和苑,来到了一个与他们头脑中传统居家养老不一样的"世界"。

"啊,太美了!"这里的一切完全出乎他们的想象。

车子驶入大门,首先映入他们眼帘的是那一大片绿草如茵的草坪,它令每一个来访者都赞叹不已;在步入会所大厅的那一刻,一个个又仿佛来到了五星级酒店,这更出乎每一个探访者意外。

这是一座综合会所楼,它采用的是欧式的装饰格调,完美地衬托出了高端化的生活品质。无论是水晶吊灯装饰,还是家具座椅,稍一看,你就能感受到这是经营管理者经过前期深度考量和设计的。它,要让居住在此的每一位老人都能感受到如尊贵上宾般的养老体验。

这不一样的家园,更令我夫人的同学——一群毕业于上海幼儿师范的老姐妹羡慕极了。

2017年5月6日,她们一行十多人来到颐和苑,下车后的第一句话就是:这里与其说是养老院,还不如说是高级疗养所。

此话确实一点也不过分。这里的一切,它的全方位的综合配套,完全是着眼为长者打造"家庭式"精彩多趣的养老生活服务的。

你看,为了帮助老人在颐和苑轻松享受到居家式的养老服务,设计者特地汲取了丹麦优质养老机构的造院经验,以老年人的生活习惯为参考,依据人性化、细节化的设计原则,将不同功能区域进行如下的划分设置:

——一楼:西边,是自助餐厅(分大厅和包厢);中间,会所客厅;东边,小型超市、洽谈室和多功能厅(会议厅、舞厅、小型影院及培训学堂)。

——二楼:以"热闹"为活动主题,为老人提供各种动态的娱乐条件。这里,有棋牌康乐室,老人可在此搓搓小麻将,消遣时光;这里,有台球和乒乓室,老人可约上几位志趣相投的来此打打斯诺克和乒乓;这里,有咖啡吧,老人们可利用午后休闲时光,或其他方便时间,沐浴阳光,品品咖啡,聊聊天;这里,还有钢琴室和卡拉OK厅,老人可在此尽情地弹奏和演唱自己喜欢的歌曲;这里,还有美发室和足疗室……凡外面有的,适合老年人生活娱乐的,你在这里都能不同程度地享受到。

——三楼:除了开放式的小型图书馆和高雅的会客厅,还有近100平方米的绘画大厅。据说,上海画院也没有这样好的条件。这是专供绘画、书法组活动的场所,是颐和苑一道最亮丽的风景线,四周挂满了老人们的作品。

我和夫人陪着这群幼师毕业的"老小孩",边看边讲,从会所里的一楼到三楼,一路留下了她们道不尽的感叹声。

夫人的同学在书画组参观

这一到三楼,是在苑内为老人配置的活动区域。为使老人能更好地与外界社会的活动保持联系,颐和苑还积极地开展内容丰富、形式多样的主题活动,如各类音乐会、老年养生讲座、参观出游等。

同时,依据长者的爱好,还组建了各类兴趣小组。有老人们喜爱的布艺画组、编织组、手工组、舞蹈组、歌唱组、摄影组、桌球组、钢琴组、桥牌组、棋牌组、绘画组、书法组,等等。还有一个令你想不到的是,就是这里独有的"种植组"。入住后,每户可申请"一份地",种植自己喜爱的蔬菜瓜果。

我入住时,颐和苑已组建了14个兴趣小组。我根据自己的爱好,首先报名参加了摄影组,还申请了"一份地"。这些兴趣小组的成立,满足了越来越多的老年朋友对知识的渴求,他们不但充实了自己的头脑,也因此而交到了志同道合的朋友,晚年生活更加丰富多彩。

作为一家集养老、养护为一体的综合性老年服务机构,颐和苑整体划分三个区域:养老院、养护院和护理院,从生活自理、半护理、全护理,实现全方位、一条龙服务。同时,机构将护理标准划分为六个级别:六级、五级、四级、三级、二级、一级护理,以更有效地为不同的老年朋友们提供更贴合个人实际情况的细致服务。

更让这群幼师毕业的"老小孩"不曾想到是,为了让行动不便的老年朋友能拥有同样精彩丰富的闲暇时光,可以走出房间,与自然亲密接触,颐和苑还率先从丹麦引进世界领先的升降(吊篮)设备。此设备的引进,为居住在养护院的长者提供了极大的养护便捷,它可以安全有效地让他们移离病床,便于看护人员带着他们去户外运动休闲,最大限度地扩大了行动不便的老年朋友的生活圈,让他们可以更多地与外界交流,认识朋友,提升身心健康。

参观了"大家",这群"老小孩"们又兴高采烈地来到了我的"小家"。

"小家"位于会所东面第一排的2号楼。这是一栋仅三层的法式建筑。我在底楼选了一套南北通风的两室一厅,面积111平方米,厨房、卫生间,一应俱全。

与传统意义上的养老院不同,入住颐和苑的老人,尽管房型不同,但都能有一个"私人"空间。甚至只要老人愿意,可以将房间的家具全部换为自己家里以前用过的,只要关上门,就仍像住在自己家里一样,不会受到任何干扰,而一旦遇到突发情况,只要揿一下按钮,立即就会有专业人员赶到房间,提供专业服务。

这些"老小孩"们一进门,就迫不及待地把我这"小家"里里外外、仔仔细细看了一遍,很是羡慕。这里,不但有中央空调,还有地暖,这是她们中不少人至今还未享受到的待遇。

"这样的养老院,谁不向往?!"原本怀着好奇与不解心理而来的小李,不禁发出这样的感叹!

"大姐,你们的选择是对的。"我夫人的另一位闺蜜接着说,"每个人都将有老去的一天,但能否有尊严地老去,并在你走出家门还能体会到家的温馨和浪漫,这是最重要的。这里才是我们后半生的去处。"

"大姐,你们小家的环境也不错,窗外就是一片果园,视野开阔。这种生态低碳的田园生活,正如陶渊明的《桃花源记》中所描绘的世外桃源,这是退休养老的最佳选择。"又一位站在窗前的观赏者补充说。

……

姐妹们你一言我一语地议论着,赞赏着。她们平生还是第一次接触到这样高端的现代化的养老机构,心情怎能不平静、不起波澜?

这里的一花一草,一屋一舍,从设计理念到室内外装饰,处处都融入了

高龄岁月
——我的养老生活纪实

夫人的同学参观我家的"一份地"

"家"的元素。当她们听说,为了绽放老人们最美的夕阳梦想,这里的创始人周保云先生专门斥资千万打造了这样一个"采菊东篱下,悠然见南山"的绿色田园,并提供全方位高品质服务,让老人有回到家的温馨感觉,犹如享受到子女般无微不至的照料,也似入住星级酒店般奢华舒适,一个个更是深感敬佩。

可眼前的这些老姐妹,她们哪里知道,颐和苑创始人周保云理事长为了打造这样一所高品质非营利养老养护机构,又付出了多少艰辛。

我入住颐和苑后,曾有意识地多次采访这位从一个农民的儿子蜕变为一个革命战士,再从一位退伍军人成为一个很有实力的地产商人和一位很有影响的归侨代表——他那不平凡的人生旅程。

周保云,金山本地人。1981年11月——他18岁那年,应征入伍,离开家乡,先到唐山再到深圳服役。三年之后,周保云在深圳复员,转业到地方。此时,正逢改革开放,他从两手空空开始创业,经过一路"摸爬滚打",几经转辗,饱经艰辛,终于打拼下了一片"天地"。2001年,他回到上海金山,回到家乡新农。这20年中,他——这个他乡游子,正如他自己所言,始终在思念和牵挂着故乡。

"回到家乡,干什么?怎么干?"一天吃过晚饭,我走出"小家",在颐和苑1500米的绿色步道上散步,正巧碰到了周保云理事长。于是,我俩边走边攀谈起来。他同我讲起他2001年荣归故里后的那段人生新征程——

周保云是个实干家。他说,在回来后的那段日子里,既踌躇满志又心急如焚。他看到,这20年来,家乡朱泾虽有了不少发展,但步子迈得还不够大。特别是他那儿时的新农,一眼望去,仍是那么破旧,和他当年离开时几乎没有多大的变化。眼前的一切,就像一把火一样在他胸中燃烧,他多么想尽快地把家乡的经济搞上去呀!

周保云经过一两个月的摸底调查和走访乡镇领导,他决定从两方面着手:一是搞开发,为家乡建设助一臂之力;二是尽自己所能,为家乡父老干点实事,做点无偿奉献。

搞开发,周保云说,单枪匹马不行,自己也没有那么大的实力。他思虑再三,决定首先筹建"朱泾镇工业园区",招商引资。他的这一想法,赢得了乡镇领导的一致赞同。于是,他们根据周保云的规划,划出200亩土地,让他一边筹建工业园区,一边紧锣密鼓地广迎"天下客"。

有了"天时、地利",还要"人和"。十多年的在外"打拼",为周保云积累了丰富的人脉,有腰缠万贯的老板,有亟须寻求投资的实业家,更有不少生意场上的合作伙伴。周保云充分利用这一优势,广为联系沟通,很快,从2003年开始,他仅用不到4年的时间,就圆满地完成了工业园区建设和招商的两大任务。

搞开发,建工业园区,这是周保云为家乡建设和发展作出的第一项贡献,也是他在人生新的征途上迈出的坚实一步。

周保云是一个很有思想,同时也善于规划的民营企业家。他在筹建工业园区的同时,眼睛已盯上了朱泾镇上的房地产开发。那会儿,朱泾镇的房地产开发,还是一片空白,还没有人在这里谋划发展。

机不可失,时不我待。周保云经与各方协商规划,很快在朱泾镇上开发了第一家商住民用楼盘——"鸿越华庭"。这是周保云回到故乡开发房地产,进行第二次创业的又一新的成功尝试。

周保云在朱泾镇上的这一项目,尽管还不算大,但这却为周保云的后续计划——"高尔夫社区"的开发,既积累了经验又积累了资本。

周保云说:"房地产开发,周期比较长。作为开发商一定要早有谋划。高尔夫社区是个宏大的计划,总面积70万平方米。我从2002年拿地,到2007年开业,虽已成功完成了近40万平方米,但还有30多万平方米正在与一位台商合伙开发。这里,就有一个细水长流的过程。这个过程,就隐含着一个人的人生目标。我常对员工们说,赚钱,要靠奋斗。奋斗,赚了钱,有了资本,不是目的,最终还要回馈社会。要会花钱,要设法为家乡父老服务。这就要靠智慧。"

讲到这里,周保云又深情地回忆说:"我的这一创业的人生理念,这一不一样的人生情怀和价值观,随着我渐渐步入中年,大概从2005年开始,就有了一个创办非营利性养老机构的想法,就是要真正做一件被社会认可的事。这就是我常对大家说的——不以'赚钱'为最终目的的'第三次创业'。"

要深度地了解一个人,认识一个人,一定要相互坦诚地展开"心灵对话",用心去交流。记得在颐和苑开业一周年的时候,我曾就老人们关心的几个问题对周保云理事长进行过一次深度专访。

周保云是个直率的人,仍保留着农民儿子的本真——纯朴。当我提出,请他围绕以下几个问题,谈谈创办颐和苑前后自己整个的心路历程时,他爽快地答应了。

——你为什么要做养老产业,而且是选择做"非营利性"的养老产业?

——作为一个商人,作出"不以营利为最终目的"的决定,这是一个非常痛苦的过程。在这点上,你和夫人是怎样看待财富的?

——你为什么要选择丹麦执事家园公司作为颐和苑的运行商?他们哪方面值得你认同?

这几个问题,看似平常但也很尖锐,因为它直接触及一个企业家的投资意图。

周保云微微一笑,胸有成竹地说开了:"我2006年去台湾考察时,很荣幸地参观了一家养老院,基于商人的直觉,我觉得养老产业是国内下一个最有前景的产业之一。据上海老龄科研中心预测,'十三五'期间,上海人口老龄化将进一步加快。2013年至2014年,上海60岁及以上老年人口将增加26.36万人,是有史以来增长最多的一年。到2020年,户籍老年人口总数将达到540万人,人口老化率将达到36%左右。因此,养老面临着巨大的压力。单靠传统的居家养老,已经越来越不适应社会发展的需要,越来越不适应不同家庭、不同阶层人员的需要。"

周保云越说越激动:"这是个大问题呀,是一个亟待研究和着手解决的迫切问题。以至于后来的几年当中,我先后参观考察了美国、日本、加拿大、丹麦和中国香港地区的养老院。同时,我也对上海几家知名的民营养老院及附属于民政局的养老院进行了考察。我发现我们国内的养老院和国外的养老院差距很大,并且出现了政府性养老机构'等不起',高端商业性养老机构'住不起'的尴尬局面。尤其是中等收入的老年人,就如我们今天入住颐和苑的不少老人,子女在国外,他们就遇到一个怎么养老的问题。这,我觉得是一个被遗忘的群体。因此,我就有了要为这一群体做养老服务的想法。"

"这一中等收入的群体,他们大多是高级知识分子,有一定的经济实力,那你又为什么要选择做非营利性的养老产业呢?"我这样直截了当地问道。

周保云转过身,取出一份2015年5月他在颐和苑媒体通气会上的讲话稿递给我,然后说:"我在下决心要做这行业的时候,我曾就该做什么性质的养老院——是商业性的营利养老院还是社会性的非营利养老院有过一番深入的思考。说实在的,作这样一个决定,不是一天两天可以确定的。在台湾考察时,王永庆创办的一家养老院院长就说,做养老的责任很大。你做非营利性的,做好了人家也不一定领情。这关键是看你心里'安'不'安'。你自己心里'安'了,别人才会理解你。当时,我就在想,社会需求那么大,总要有人去做吧?从小父母就教导我们,要孝敬长辈。因此,对父母不好的朋友,我一直是看不起的。这渗透在骨子里的东西,一直是我做人的原则。"

"那你的家人,特别是你的夫人是怎么想的?"

"这实质上,是怎样看待财富的问题。"周保云接过这一话题说,"经过近半年的思考,以及与我夫人多次探讨如何看待钱的问题、如何看待中国传统观念中把财富都留给子女的问题,我们最终达成了一致:我们应该在自己经验丰富、财富还可以的情况下,去探索一条适合中等收入的大多数老年朋友们既能承受又能适应的生活方式。至于我们投资非营利的养老机构,图什么?我说,我是这么看的——这个'利',除了普通人认为的是物质利益以外,对价值意义的追求所带来的幸福感也是'利'。其实,人这一辈子能做一件被社会认可的事情,心中充满着幸福,这才是人的最高利益。"

至于"为什么要选择丹麦执事家园公司作为颐和苑的运行商",周保云理事长和盘托出了他的思维过程:"当我决定投资养老产业时,首先要考虑的是怎么去定位养老院,因为我很清楚我所选择的运营公司将决定养老院未来的发展。养老产业是一个非常专业的行业,运营公司要有专业的团队和丰富的经验才能保证养老院正常运营。这个行业,看似简单,但真正运行时是各种细节融合在一起的。因我自身就是酒店管理出身,我部队转业后的第一份工作就是酒店管理,我深知专业的事情应该交给专业的人来做,所以在我决定投资养老产业后,花了两年的时间先后与美国、丹麦等养老院谈判运营的相关事宜。最终,我选择了丹麦执事家园公司,因为执事家园公司也是一家私人投资的非营利性养老机构,而且在丹麦拥有50多年历史,目前在丹麦国内拥有超过60家养老院。执事家园的核心价值观是'尽己所能地为人服务,尊重老年人的精神和物质需求、生活方式和愿望',这点我非常认同。他们给老人一个家的管理理念,关起房门,老人们就像住在自己家里一样,不会受到任何干扰,甚至可以把陪伴自己一生的物品乃至家具都可以全部带到养老院,走出房门,社区内会提供给老人们所需要的一切服务。所以,我们今天颐和苑很多设计都是按照他们的要求进行设计的。"

周保云最后说:"'老有所养',为老年人提供生活保障,是养老事业的基本目标;'幸福养老',让老人愉悦快乐生活,是养老事业的终极追求。颐和苑养老院、养护院、护理院从设计、开发到服务管理,从硬件建设到软件配套,都秉承了'幸福养老'这一核心理念和宗旨。"

这就是我入住的不一样的家园——颐和苑。她的"不一样"就在于：颐和苑从2015年10月创建到如今，在这个不太长的岁月里，令人信服地开创了一个比肩国际的"幸福养老"的全新模式，演奏了一曲曲居家式养老与机构养老有机结合的绿色夕阳交响曲，这不能不令人赞叹！

第三节　我与"一份地"

我怎么也没有想到，这么大年纪，进了养老院，竟然又重操农活，一本正经地种起蔬菜来了。

颐和苑的种植园，位于养老院的东南角，这在上海是绝无仅有的。听当地老乡说，这里有5亩地，凡入住老人，只要有兴趣，都可申请到一块长条形的"一份地"。我在未正式入住前，已有朋友帮我们申请好了，地就在他家"一份地"的隔壁，并插上了一块引人注目的牌子，上书"播撒种子，收获快乐"。这"一份地"，我目测了一下，估计有三十来平方米。

于是，这里便成了我每天必去之处。

"一份地"里的"乡愁"

看到这眼前的"一份地"，我就情不自禁地想起了我的童年——那难以忘怀的似懂非懂的岁月。

我从小是在农村长大的。我的家乡，在我的记忆中，是名副其实的穷乡僻壤，一年到头，吃不上一顿像样的饭。每顿饭，几乎看不到一粒米。能有点山芋和胡萝卜就不错了。一年中，只有在过年的那几天，家境稍好的人家，才能吃上馒头和几顿干饭。

我儿时的家境，已记不太清楚了，但总好不到哪里去。听妈妈说，我出生后不久，父亲就把我过继给二妈了。为了生活，爸爸、妈妈在我只有两三岁时，就先后背井离乡，到上海投奔哥嫂。开始，生活相当艰难，爸爸不是拾垃圾，就是拉黄包车，后来经人介绍到了一家坐落在杨浦区的纱厂里干苦力活。

乡下，就剩下我和二妈。

二妈没有小孩。听父亲说，我的二伯父婚后不久就不幸溺水身亡，二妈就此孤身一人。我父亲实在不忍心，念在他和去世二哥的情分上，就把我过继给二妈。从此，我就和二妈相依为命。

二妈对我十分疼爱。平时，她怕我饿着，影响发育，常常把家中那仅有的一点点米，设法用纱布袋包着放在锅里煮，然后捞起来，单独给我吃。自己吃那剩下的看不到米粒的所谓"稀饭"。我每每想到这些就禁不住潸然泪下。

在我稍懂事的时候，我们家乡就解放了。但我入学却很晚，虚龄9岁才读书，比城里的孩子足足晚了两年。

学校离我外婆家大陈庄很近，叫陈严初级小学。这是一所村校，校舍很简陋，四壁都是土墙，一共四间——两间大的和两间小的，"一"字型排开。教室前面是个大操场，西北角还有一个供跳远用的沙坑。四周没有围墙，我们上课时，常有路过的老乡站在窗边朝里张望。

在我们教室的后面，记得也有几块不小的菜园。每个年级一块，也是长长的一条，种着不同品种的蔬菜、瓜果。地头，也都插上一块牌子，上面写着"某某年级"。菜园边上，有一条四五米宽的小河。放学后，我们常在老师的带领下，浇水、除草、施肥。春秋季节，我们种的蔬菜或瓜果长得特别好。这是我人生中第一次参加种植活动。

我记得，那时轰轰烈烈的抗美援朝已经开始，全国上下都在积极响应党中央和毛主席的伟大号

我在"一份地"里翻土

召,开展声势浩大的宣传教育运动。"雄赳赳,气昂昂,跨过鸭绿江……"我和同学们一边唱,一边用自己的行动响应祖国的号召。各班纷纷将小菜园里的蔬菜、瓜果运到镇上去卖,将卖来的钱捐献给国家,支持抗美援朝。

如今,我这眼前的"一份地",与我童年时代学校后面的那河边的小菜园,又是何其相似。从童年到"夕阳",我的人生已跨越了整整六十年。尽管如此,每当我看到眼前的这"一份地",我总要想起那逝去的童年时代——留在我记忆中的学校后面的那小菜园。

这"一份地"里的"乡愁",不能不说,这是我对故乡的一种眷恋和思念。

我在"一份地"里"上大学"

我是2002年10月退休的,屈指算来,已整整17年了。如今回想起来,这17年中,我"退"而不"休",似乎上了两所"大学"。第一所大学,我把它取名为"世博社会大学"。

这发生在刚退休的那一年。当时根据我的情况,市教卫党委认为,我可以延聘,五年待遇基本不变。但我却一反常态,而应约去上海教育出版社承包创办一份《语言文字周报·双语周刊》。

这是有很大风险的,如果报纸发行搞不上去,投下去的本钱,就要血本无归。但我这个人生来就不愿坐享其成,看别人的眼色,我要用自己的智慧,去开辟一个新天地。因此从2002年开始,我就充分运用自身的条件,一手抓报纸的质量,一手借助"世博东风",参照奥运会火炬传递的做法,创造性地在中小学开展了"世博心语日记本"传递活动。活动搞得火热,在不到两年的时间里,这项传递活动就拓展到60多所中小学,有40多万中小学生参与。这事引起了上海市文明办和市教委的高度重视,为了扩大世博会在中小学生中的宣传,特拨款20万元,让我在全市150万中小学生中开展"世博心语日记本"传递活动。这是我有生以来搞的一次最大、最有意义的活动。我们也因此而荣获了世博"宣传教育贡献奖"。而且在2010年5月,由我担任执行主编的《语言文字周报·双语周报》,经国家新闻出版署组织专家评审,被列入"优秀少儿报刊",并在上海名列第一。

在这所"世博社会大学"里,我整整"读"了 8 年,一直到 2010 年。这 8 年,虽没有一套像正规大学那样的教材,但我却在办报实践中,读了一本没有文字的活教材——"创造学"。

来到颐和苑,我在全身心地创办苑刊的同时,又在"一份地"里上了一所没有围墙的"大学"。我把它取名为"颐和农业大学"。在这所大学里,我学的是"蔬菜专业"。

开始,我只是跟着农家阿姨亦步亦趋,她们什么时候种豆,我也种豆;她们什么时候施肥,我也施肥。一个季节下来,种的东西长得也不错,吃到了十多种时令蔬菜和瓜果。有不少长者对我刮目相看,把我这"一份地"称为样板田,我和夫人心里乐滋滋的。

但这十多种蔬菜瓜果,什么时候该施肥了?什么时候要锄草打药水?有的东西为什么要少浇水?个中原因,我一概不知。

到了第二年,我想既然种上了"一份地",我就要种出个名堂来,就要把它当成一门学问来研究。于是,我一方面继续虚心向老农请教,多问几个为什么;另一方面,为了求得真知,我把家里藏有的一套 8 本的"新世纪农业丛书"找了出来,对其中的 4 本《特色蔬菜》《作物害虫综合防治》《种植业结构及其调整》《立体农业》,我更把它作为必读之书,我边读边联系实际,这使我从心底里感到,这"一份地"里有学不完的知识。

比如,以前常有老人问我:"为什么你的'一份地'里害虫少?"我笑笑,讲不出个道理来。后来,我在《作物害虫综合防治》中读到"翻耕灭虫"一节,终于找到答案,它使我明白,翻耕不仅可以破坏害虫的隐藏场所,还可以把害虫埋到很深的土中,使其窒息而亡。如大豆食心虫喜欢在表土 0—3 厘米处化蛹,及时翻耕,可降低该虫的羽化率。原来,我的"一份地",这几年来之所以害虫少,究其原因,是我深耕细作的结果。

同样,番茄移栽前,深翻土地,精细整地,可减轻蚜虫、白粉虱、菜黄螨、美洲斑潜蝇的危害。此外,深耕土地还可将有机质迅速还到土里并改良土壤的物理性状,获得作物高产。

我常看到不少老人的"一份地"里,不注意打理,一个个只管收获,不重视翻耕,这就为害虫留下了一个繁殖的场所。我在《作物害虫综合防治》一书中读到"清洁田园"一节,这更使我感到,"清除农作物的残留物,破坏害虫繁殖和越冬的场所",这是一项控制害虫危害的重要措施。所以,我每收完一种蔬菜,总要随即"清洁田园",把地整得干干净净。实施这种方法,要求熟悉害虫的生物学、生态学特性,制定出有效的防治措施。如对危害各种蔬菜的美洲斑潜蝇而言,采用人工手段清除土壤表面的虫蛹,可直接减少下一代的发生率。

太太在"一份地"里摘菜

别看这小小"一份地",里面有着读不完的学问。当你还未入门的时候,总以为种点蔬菜很简单,其实,它里面的学问,你越读越感到深不可测。你想读懂、读透它,不花几年工夫是万万不行的。

我这"一份地",虽很小,仅是正规大学的"一寸土",但却是一所名副其实的大学。三年来,我虽然在"一份地"里洒下了不少汗水,但我从中收获的幸福,比洒下的汗水要多得多。

"一份地"里的欢乐

这"一份地",不少老人都把它称为一道美丽的风景线。有一位长者,曾在她的一篇获奖征文《五月的菜园》中作过这样描述:

你瞧,在那"一份地"里,每天晚餐过后,便是最热闹的时候,人们三三两两,有说有笑地穿过彩色塑胶跑道,兴致勃勃地来到菜园,分享蔬菜种植、生长、收获带来的喜悦。眼看植物在一天一个样地长大、开花、结果,老人们的心里都美滋滋的,别提有多高兴了!

在这喜悦和高兴的背后,种植这"一份地"的老人们,为使那种下去的植物能"一天一个样地长大、开花、结果",他们又用去多少心血?这每一份心血背后,还或多或少地有着有趣的故事——

远的不说,近日就有一件事令我十分感动。

那是一天中午,我在"一份地"里收获青菜和大白菜。与我"一份地"相邻的一位长者走过来,执意要送我一把香菜。他说,今年他地里的香菜大丰收,长得特好,吃也吃不掉,我见他满脸充满着喜悦。

接着,他在"一份地"里同我讲起了一段往事。他很有感触地说,想不到种香菜还有点小窍门。去年,他在同一块地里,一连种了两次,并隔三岔五地浇水,但播下去的种子就是不出。他很纳闷:是土质不好还是种子有问题?

后来,他一打听,方知是没有掌握播种技术。

原来,香菜的种子外面,有一层坚硬的壳。播种前,先要把它碾碎,然后浸在水里泡上一夜,第二天方可播种。今年,他这么做了,果然大功告成,不但苗出得好,而且长势喜人。我从心眼里为他付出这一份心血而取得圆满成功高兴。

"一份地"里,不仅有故事,还有不少趣事。我记得5号楼擅长漫画的周密老先生曾画过一组幽默画——《种南瓜》,姜树林先生还特意为之写过一首诗,读来颇有意思。姜先生在诗的开头,有一个短序:"周密先生漫画《种南瓜》,以幽默、浪漫又夸张的笔法,讴歌颐和老人田园耕作的童趣和人生感悟。"现抄录其中几节供大家欣赏:

汗滴滋润一份田，瓜苗破土看人间。
赤日炎炎当空照，护苗心切撑阳伞。
蔓蹈叶舞荡碧波，守望相悦乐忘返。
花开结果有真情，瓜王留种代代传。

雨中浇水为哪般？天水怎比心水甜。
为瓜输液君莫笑，悠然不逊晋陶潜。
儿时倒背吟悯农，老来重温慨而叹。
种瓜得瓜寓哲理，人心瓜心本相怜。

漫画尽管夸张，但它是生活的反映，只不过是画家把它典型化了。在颐和苑的种植园里，类似这样有趣的事例，你只要留心，还真的不少。君不见在炎热的夏天，种植园里，不少老人为了"护苗"，在"一份地"里支起了纸箱、纸盒，有大有小，各式各样，很是壮观。一次，我看到路过的老农笑得合不拢嘴。是呀，这样的"景观"，他们种了一辈子蔬菜，生平还是第一次看到，怎能不笑呢？！

"一份地"，这是颐和苑的一大创造。如今，这种植园成了老人们的"幸福养老"的乐园。

我爱"一份地"，一年又一年。我播下的种子，收获的是我人生的美好的心愿。

第四节　创办苑刊的日子

又一期苑刊要付印了。

时间定格在 2020 年 1 月 3 日，此时新年的祝福还在耳边萦绕。这天一早，繁华的魔都还未苏醒，我就急着乘车去上海铁路印刷有限公司，付印 2019 年最后一期《上海颐和苑》。

这是最后一道工序。我从事编辑工作40余年,深知其中的甘苦。

苑刊每一期十万来字,从打出校样到付印,中间要经过三次校对。尽管如此,错别字还是防不胜防。每次付印前,我心里总有点"七上八下",生怕出错。因此,来到厂里,我和毕老师,还有小盛,又一次分工把关,核对校样,三人忙了整整一天。到收工时,墙上的时钟已指向五点。

这时,正值晚高峰。车很挤,看看四周,数我年纪最大。轻轨、公交,我连着换了三部,到家早已华灯初上,过七点了。

晚饭,夫人早已烧好,汤已凉了。我正准备用餐,冷不防,放在桌上的手机"跳"出了一条信息:"金老师,今天兴趣小组汇报会上,周理事长在作最后总结时,将您——金老师及苑刊大大地赞扬了一番!他很是肯定了苑刊,也肯定了金老师的付出。有周理事长的高度评价,金老师的奔波辛劳,很值了!"

这是参加会议的读书写作组组长周老师发来的。因为这两三年来,她也一直在参与苑刊的采编工作,深知其中的不易。她发这条信息,也许一来是安慰我;二来是为我鼓劲,在"挺我"。为此,我打心眼里感谢她。这条信息,不仅给我带来欣慰,而且又一次勾起了我对创办苑刊的那段岁月的回忆。

创办苑刊的初心

《上海颐和苑》(原刊名为《颐和苑》)于2016年10月创刊。这本刊物的创办,在某种程度上是我与周保云理事长"心灵对话"的产物。

记得在创办苑刊的那段日子里,我和周保云理事长有过多次接触。他那种不以"赚钱"为目的"第三次创业"的精神,深深地震撼了我,感染了我,促使我也要为这一事业、为这一新生事物,尽自己所能,为它出一份力,尽一份心,共同把我们的这一美好家园建设得更美,维护得更好。

我是2016年6月6日入住颐和苑的,但初访颐和苑,是在这一年的1月7日。

那天,我们一行10人,来自5个家庭,都是新闻出版界的老同事、老同学、老朋友。来到颐和苑,可以说,这里的一切完全颠覆了我头脑中那传统的养老理念,并引发了我对茫茫人生的追忆和思考。

我想起了我父母那老去的岁月,想起了爸妈在"天快黑下来"时那一幕幕令人揪心的场景,更触发了我对颐和苑这一新型的以"家"为目标管理、以"田园"为生活环境的管理模式的渴求。所以,我和夫人在来的当天就交了订金。

不过,令我心灵震撼的,还不仅仅是这里高标准的硬件设施、这里把居家养老与机构养老进行有机结合的一种新模式,更使我从心灵深处产生敬佩之情的,是颐和苑的创办者周保云理事长的那种"大爱无疆"的情怀。

我作为记者曾到他开发区的办公室采访过他,从他的人生经历中,我深感到他不仅是一位"有故事、有情怀"的企业家,而且有一颗慈爱的心。

在采访中我了解到,周保云18岁那年,应征入伍,离开家乡,先到唐山再赴深圳,在工程兵部队服役。20岁就地转业后,在当地艰苦创业。三年的军旅生活,使他从一个农民的儿子转变的一个有作为的年轻人。不管是投身餐饮行业,还是转型做房地产项目,他都如鱼得水,成为深圳市改革开放的一个典型。在那块热土上,他曾被评为"深圳改革开放杰出青年"。

27岁那年,周保云带着理想,和家人一起移民去了加拿大。在此期间,他开阔了眼界,丰富了思想,也为日后回国发展打下了坚实的基础。

在外近20年,周保云一直没有忘记哺育他成长的家乡的水土和亲人。他要感恩,要为父老乡亲干些实事。2001年,他怀着一颗回报社会、回馈家乡的爱心,回到了上海金山老家新农。

家乡是他人生的起点,也是他成长和发展的源泉。

周保云讲起这段人生,感慨万千。他说:"人生的经历是一笔宝贵的财富。每个人的人生发展,往往可以从他的经历中找到答案。我能有今天的发展,能有今天的成就,追根溯源,其起点还是在家乡,是家乡的父老培养了我。"

讲到这里,周保云停了停,又若有所思地说:"小时候,我们家很穷,穷得吃不饱肚子。我的一个姐姐,三岁不到就夭折了。全家兄弟姐妹四个,我是最小的,全靠父母种田过日子。初中,我是在这里的爱国中学读的。初中毕业,我第一志愿报考的是中师,寄希望于毕业出来,做一名光荣的人民教师,好早点养家糊口,可谁知阴差阳错,把我送进了新农中学,让我去读高中。这对我打击很大!读高中,我一直在想,对我们这样农家的孩子,那还有一段很长的路要走,将来出路何在?茫茫苍天,路在何方?谁也不知道!"

周保云是个孝子。十六七岁的他,看到年迈的父母还在弯着腰面对黄土,为自己操心,为自己的学费发愁。他越想越不是味儿,他怎么也坐不住了:书是读还是不读?他经常这样拷问自己。

机遇,终于来了。1980年,刚考入高中不久,此时正逢村办企业招工,他考虑再三,毅然放弃学业,一脚跨进了工厂的大门。周保云说,这是他人生的第一个"拐点"。

进了工厂,厂长见他头脑灵活,心想不管怎样,高中也读了快半年了,在乡下算是个小知识分子了,就把厂里的经销大权交给了他,让他做起了采购员。

采购员,走南闯北,常驻上海市区。他从闭塞的农村,到繁华的大城市,虽住的是大众旅社,但却让他从此大开眼界,原来外面的世界这么精彩!特别是做了采购员,接触人多了,各式各样人都有,他不仅学会了与人打交道,而且经商的头脑也就此发达起来。周保云回忆说:"没有当初的这一起点,没有这样的实践锻炼,哪有我今后事业上如鱼得水的发展。"这是周保云在人生道路上迈向成功的第一步。

1981年11月,周保云光荣应征入伍,在唐山开始了他的军旅生活。

这时,适逢唐山大地震后的重建工作,周保云所在的部队是基建工程兵,任务就是造房子。他,这个农民的儿子,从小就养成了吃苦耐劳的品质,在部队这个大熔炉里,他不仅成长很快,当上了连队文书,而且还练就了一身本领,熟悉了造房子的一道道工序,各个工种、项目,他都干过。周保云说,这也就为我后来搞房地产奠定了基础。

1982年10月,他们这支基建工程兵由唐山转到深圳,来到了改革开放的前沿。在这里,周保云又经过一年多的磨炼,他越来越成熟了,多次受到部队的嘉奖。

1983年9月,周保云所在的部队根据军委的指示集体转业。不久,他被调到一家国企从事酒店管理。在此期间,组织上为培养他,先调他去北京培训半年。后来,组织上又让他继续在职深造,送他到深圳大学酒店管理系读书。周保云勤奋好学,部队养成的好思想、好作风在这里得到了充分发挥。在短短几年里,他从服务员做到前台部部长,再升任大堂经理。宾馆里的一套管理模式,他都学到了手。

新的形势,新的环境,孕育着新的机遇。1987年8月,周保云萌发了自身创业的激情,辞职"下海"做餐饮,拉开了第一次创业的序幕。经过几年的拼搏,他在深圳这块热土上,掘得了宝贵的第一桶金。

回忆起这段人生经历,周保云说,几年的军旅生活,练就了他一身钢筋铁骨,在商海中尽管有曲折,他仍奋起拼搏,踏上成功之途,一步步积累了资本,一步步富了起来。

做餐饮这个行业,周保云屈指算来,从当年"下海"到1996年第二次创业——改做房地产,他干了十个春秋。

这十年中,周保云在深圳接待了一批又一批来此参观学习的家乡同胞。从乡亲们的口中,周保云获悉自己的家乡——金山,改革开放十多年了,还没有多大变化,仍在靠天吃饭。周保云是个农民的儿子,对家乡父老有着浓厚的乡情。他这个先富起来的游子,每每听到、想到这些,往往就彻夜难眠,一种"回归之梦"愈来愈强烈。

2001年,周保云回到上海,开始了新的征程。

周保云是一名有魄力、有爱心的实干家。回到家乡,他除了继续从事房地产开发外,开始关注养老这一领域。

周保云告诉记者,他回到家乡做的第一件有价值的大事,就是花二十多万元,请了一个工程队,为村里的老人重新盖了一间像样的老年活动室。

周保云也由村想到乡,想到整个新农镇。于是,在2003年,他又出资近300万元,为新农乡老人盖了个1500平方米的老人活动中心。他说:"人不能忘本。我是家乡的水土把我养大的,富了,要懂得感恩,不忘乡情。人这一生钱是永远赚之不尽的,但人这一生要做善事,回报社会。在我的人生旅途上,颐和苑是我步入中年以后的不以赚钱为最终目的的第三次创业。"

正是怀着这一感恩思想,他在回乡后的十五六年里,先后为家乡、为灾区无偿捐了1000万元左右。当时,我作为一个记者,听了后深深地为他这种精神所震撼。

因此,从那时起,我就在想,颐和苑,这一现代新型模式的养老机构,在上海还是第一家,是一个新生事物。我作为一个入住老人,更应该用自己的专业,为它的成长和发展出一份力。

一天用完晚餐,我心旷神怡地在那绿色的田间塑胶步道上散步,恰巧又碰到了周理事长。我俩边走边谈,在谈话中我了解到,我眼前的这位企业家,不仅从商有一套,而且在企业文化建设方面,也有不少独特的构想,很有创意。但他又说,眼下最缺少的是这方面的专业人才。

这句话深深地触动了我的心弦。

我想,我虽是来养老的,但养老得有一个好的文化氛围,我何不为他、为他创办的颐和苑办一本杂志,以正确的舆论导向来引领颐和苑的成长和发展呢?

于是,我经过一番思考,在我入住后的第二个月,我就主动地打了一份申请报告,提出要为颐和苑创办一本以居家式的"幸福养老"为办刊宗旨、面向广大老人和管理人员的内部综合性期刊——《颐和苑》(季刊),并为这本刊物的栏目作了初步设计。

我递交了申请报告后没隔几天,周理事长就批了下来。他说,他也很想有这样一本刊物,我们想到一块了,一定全力支持办好这本刊物。

于是,我便开始紧锣密鼓地谋划、筹备,打算在颐和苑开业一周年时隆重推出。

在自信中奋力前行

凡事开头难。

刚起步时,我几乎是两眼抹黑。因为那会儿,我入住两个月还不到,苑内的长者和员工三百多人,我只能叫出少数几个人的名字。而且,对每个人的擅长爱好,更是一无所知。试想,这怎么去组稿?况且,颐和苑开业时间不长,资源很有限,要把苑刊办得有内涵、有深度,谈何容易!

这时,我一心想在老人中寻求一位曾搞过文字工作的帮手。

我想到了一位比我先来颐和苑的老人,他也曾是一名记者,比我小四五岁。我想请他一起来搞采编工作,我俩同心协力,肯定能把苑刊编得"出彩"。

但世上最难测的是人心。

一天午后,我满心欢喜地来到他家,说明来意。想不到,他冷冷地甩下一句话:"我是来养老的!"

人各有志。回来后,我细细咀嚼这句话。尽管听上去这话虽没什么错,但他让我心寒。我怎么也没想到,我看错了人,打错了算盘。

面对这一局面,我由开始办刊的冲动,一下子陷入了深深的莫名烦恼。

人们常说,人是要有点精神的。有了这精气神,就没有克服不了的困难。

正当我思想有点迷茫之时,一个周一的上午,我刚出门,就见周理事长迎面从多功能厅走来,他满脸春风地对我说:"金老师,昨天星期天,我足足花了一整天时间读了您写的《岁月留痕》一书,我很感动!您的一生,您的成长不容易,从贫困的乡村走过来,靠自己的勤奋,靠自己的智慧,闯出了一番天地,为教育报刊事业的发展作出自己应有的贡献!我相信,苑刊由您主持,一定能办好,办得出色!"

说完,他竖起了大拇指,为我点赞、鼓气。

确实，我的一生，从做教师到从事新闻出版工作，一直是在拼搏中走过来的。我来自农村，出身贫寒，没有什么令人羡慕的背景和优势，活动的舞台也不大。但几十年来，凭借着从儿时就开始的对理想的追求，凭借着由教师到记者——这个"无冕之王"的身份，我却有了无限的施展空间，不但使我接触到了不少一般人难以见到的人和事，而且也为我的成长、我的专业发展增添了不少闪光的色彩。

勤奋是成功之母。陈毅说得好："应知学问难，在乎点滴勤。"这几十年来，我从入学读书，到工作再到退休，一向勤奋、自信。我始终认定这样一条人生哲理：人的智质，先天各有不同。但别人能干成的事，只要自己花双倍的工夫，认定一个目标，长期坚持不懈，最终也定能取得成效。正是抱着这样的人生理念，我一生中也自以为干了一些成功的事。在担任报刊社总编辑时，光杂志就先后办过七八种，有的刊物还担任了十几年的主编，成为全国核心期刊。特别是在我退休之后，由我一手创办的《语言文字周报·双语周刊》，历经8年辛苦打造，得到了社会的认可，这令我无比欣慰。

想想这几十年来走过的路，瞧瞧眼前创办苑刊中碰到的这点艰难，我想，算不了什么，只要下定决心，就能一点一点去克服它，战胜它。

要办好一本杂志，刊物的定位很重要。经过一番审慎考察思考，我觉得苑刊的立足点应高一点，无论是形式还是内容，都要显现出是一份有层次、有品位、有分量的杂志。由此，我为苑刊立了四条标准，即大气、高雅、有思想、有文化内涵。

这四条标准，不仅关乎刊物的形式层面——封面外观、版面设计、图片配置，而且更关乎刊物的实际内容，包括各栏目文章的深广度、体裁的多样性等。

就其内容而言，这里讲的"大气"，就是刊登的文章内容既要能让人开拓视野，又要敢于和善于与国际养老的先进理念与经验接轨，并根据本土境况加以消化。

标准中的"高雅"，即要在"幸福养老"的理念下，更加注重入住老人的人格尊严和情感需求,更加注重人的生命价值和高尚情操。

这里的"有思想",则意味着刊登的文章,要力求超越事物表面的就事论事,而要追求更本质层面的思想境界和思想之源,要给人以深度的启发和思考。

标准中的"有文化内涵",则意味着要注重文化的背景、文化蕴含、文化的积累和传承,给人以有益的文化滋养和人文关怀。

这四条标准,是由颐和苑作为一家与国际接轨民营公助的非营利性养老机构的本身性质所决定的。

不是吗?颐和苑在立项之初,就把自己定位侧重于面向中产和知识阶层,因而它吸引了一部分知识层次较高的人员。这里的老年群体,除了医、食、住、行方面有较好的养老物质保障以外,他们还更加注重自己在精神文化生活和内心情感方面的需求。这就要求,它所创办的苑刊,应该是一个更高层次、更高品位的信息沟通的载体。这个载体,应该是展示"颐和人"精神风貌的一个重要的"窗口",应该是"颐和人"心灵沟通的一块温馨的"园地",应该是传播交流养老文化的一股"清泉"。

要办成这样一本高层次、有品位的杂志,就要求编者,特别是我——作为杂志的执行主编,在思想修养、理论水平和新时期养老服务产业的认识方面有着较高的水准。

千里之行,始于足下。为了迎接这一挑战,与时俱进,我开始了新的学习旅程。

——我找来了有关文件,认真学习为积极有效地应对人口老龄化中央提出的"五大"理念,特别是创新理念、共享理念;认真学习近几年来中央和地方制定出台的有关养老服务行业的各项政策和法规。

——我多方搜集和学习丹麦式养老理念。特别是丹麦式理念的核心价值观——对每个人类个体所表现出的信任、尊敬、平等以及尊重,以及是如何将每一个个体看作一个完整的人,即将他毕生独有的经历与他们的年迈一起带进颐和苑的。

——我还翻阅了不少养老方面的书,特别认真学习了上海三联书店出版社出版的一套"长命百岁不是梦"丛书(6册)。这套丛书内容丰富,博采众长,集全聚新,融科学性、知识性、实用性和可读性为一体,对办好苑刊有着很好的启迪作用。

封面,是人眼接触到的第一个视点,是对外的一张"名片"。为能更好地吸引读者眼球,提高刊物的品位,我特地邀请全国著名高级工艺类美术师何顾继德先生为苑刊设计一个既能融进丹麦元素,又能体现颐和苑与丹麦著名养老机构进行合作的封面,他欣然答应了。

版面设计,体现着一个刊物版面策划者的审美观。为了使苑刊版面设计独具一格,体现出大气高雅,我不遗余力地收集了几十本杂志,参阅了不同风格的版面设计,我要力图创立一个符合我们苑刊风格的独特的版面。

参考各种杂志的版面设计

办一本杂志,要做的事情很多。为了创办一本高品位、高层次的苑刊,在那些日子里,我除了吃饭、睡觉,脑子里整天想的都是苑刊。我的所作所为,一切也似乎都在围绕着苑刊而旋转……

成功,属于坚韧者。我就这样,一天天在自信中奋力前行。我的唯一的力量,就是我的耐心和坚持精神。

为了出色地履行苑刊的使命

时间在一天天地过去,工作在一天天地展开。

每个人都有自己的生活和工作习惯。每天早餐后,这是我一天中最好的时光。只要不下雨,我总会沿着田间的那1500米的绿色塑胶步道,边走边思考问题。有时,一篇文章的构思,往往就在这不紧不慢的步行中形成的。

在创办苑刊的日子里,我更是如此。那时,对刊物的全方位的思考和策划,包括栏目的设计和组稿,我大多也是在这晨练中进行的。这时,没有人打扰,效率最高。

2016年8月初的一天,在我的提议下,苑刊召开了第一次编委会。我作为执行主编,组织大家郑重地讨论了办刊宗旨和苑刊的使命。会上,编委们一致认为,随着我国老龄化社会的到来,怎么照料老人,并使他们愉快地度过晚年,这不仅是儿女们孝道的体现,也是全社会的责任。上海颐和苑老年服务中心要全面打造好和营造好一座尊荣级养老养护的幸福家园,必须要有一本以居家式"幸福养老"为办刊宗旨的刊物为之鼓与呼。它的使命是:

——立足国际"幸福养老"新理念,宣传和报道上海颐和苑与丹麦执事家园共同打造的以"家"为目标管理、以"田园"为生活环境的独特的"家庭式养老养护"新模式。

——遵循老人和家属的意愿,围绕颐和苑理事会为老人生活所设计的"开心、舒心、顺心、称心、安心"新目标,多侧面、多视角地及时报道上海颐和苑老人多彩的绿色夕阳生活。

——以社会主义核心价值观为导向,着力发挥和宣传养老院、养护院与护理院领导以及广大员工的先进事迹和无私奉献精神。

——立足上海,满腔热情地宣传社会各个阶层为养事业作出贡献的新人新事。

……………

为了能出色地履行苑刊的使命,会上,我决定每期召开一次编前会议,研究组稿方略,并要求编委重视每期苑刊的策划工作,使大家认识到策划在办好刊物中有着十分重要的位置,是刊物质量管理的重要组成部分。刊物的策划应是全方位的,不仅要策划好刊物的版面内容,还要注重策划版面外的工作,即与刊物密切相关的各类活动。同时,我还告诉各位编委,在创办苑刊的过程中,更要重视名牌栏目的创建。我说:

栏目,好比一本杂志的"窗口"。从这个"窗口"中,读者可找到他要阅读的内容,并能从中发现一个新的天地。因此,一本刊物办得好不好,与栏目设计密不可分。名牌栏目,或以独特新颖的视角开拓读者视野;或追踪时代脚步,透视社会热点;或以敏锐深刻的分析让读者在心理上得到一定程度的满足。办好名牌栏目,是提高刊物质量的关键。我们在创办苑刊的过程中,要不断从内容上突出刊物的特色,办出刊物的个性。一本好的刊物,每一期内容都要进行全方位的策划,既要有主旋律,又要多样化,具有自己的特色,这样才能吸引更多的读者,满足不同层次读者的需求。杂志,要在"杂"上下功夫。

会上,我把这一个多月来,我根据创办苑刊的"使命"而设计的二十多个栏目,一一向各位编委作了介绍,要求大家按这一思路和要求去组稿,希望大家在办刊的实践中,不断提高自己的组稿和采编能力。

然而,我知道,坐在我面前的苑刊编委大都是新手。他们虽是各部门的负责人,讲话有一定的权威性,但毕竟第一次参与这样的工作,不仅对办刊的流程一无所知,更不知道该从何处着手。因此,要实现上面的目标,出色地履行好苑刊的使命,这是摆在我面前一项非常艰巨的任务。好在,这些来自各部的编委,他们都是负责人,对苑里情况很熟悉,这无疑是办好苑刊的可靠基础,我要努力发挥他们的作用。

不过,时间越来越紧了,组稿工作得加快步伐。在前一段日子里,我虽在晨练、在有关场合与长者、员工的接触中,有意识地组织了一些稿件,但重头、有分量的文章还不多。因此,接下来,我准备全力打造"人物专访"与"专题报道"这两个专栏,以进一步拓展苑刊内容的广度和深度。

苑刊有两位副主编,一位是周菊贤女士,她也是苑领导,我看过她写的东西,文笔不错,而且平时又一直在和来自丹麦的副总经理乌拉打交道,所以我特地约请她写一篇关于"丹麦'幸福养老'的元素是怎样融入颐和苑的"的文章。因为这方面的情况老人们都不太了解,而这又恰恰是颐和苑的一大特色。周菊贤爽快地答应了。

另一位副主编是盛怡园。她2015年4月就踏入了颐和苑的门槛,专门负责微信公众号,一直担任主笔,文笔很活泼,对颐和苑也很熟悉。我为了全面了解颐和苑开业以来的情况,特请她把微信公众号上的文章拉一份给我。我一看,好家伙,有七八十页。这为我组稿提供了不少线索。我由此把第一次编委会上决定要写的一篇关于周年庆的文章交给她,让她来执笔。这是一篇很难写好的文章,想不到她很会动脑筋,她写的"颐和苑创办一周年",不是面面俱到,而是选择了十件大事,像写小故事一样,写得很生动,语言也很活泼。我稍加修改,起了个吸引"眼球"的题目,文章就"立"了起来,很耐看。

一切都在紧张而有序地进行中。

2016年10月中旬,经过几个

在苑刊的首发式上,周理事长给我颁发执行主编的聘书

月的忙碌,《颐和苑》创刊号终于在我熟悉的上海铁路印刷有限公司开机印刷了。

2016年10月31日,这是平凡而又特别的一天。就在这一天,颐和苑在多功能厅举行了隆重的苑刊首发式。我的养老生涯又开始了新的一章。

第五节 "三个服务":笑在脸上,爱在心里

每天,在颐和苑,在我们的身边,一幕幕平凡而又温馨的事,常悄无声息地在发生着,传递着。我在编辑每一期稿件时,常会看到这方面暖人心窝的文章和表扬信——

"来到颐和苑,总有一群生龙活虎、充满爱心的俊男靓女,他们像小蜜蜂一样活跃在我们老人中间,时刻在关心着老人的温暖。一次,我没有到餐厅吃饭,管家王园立刻打来电话,问我是否身体不舒服。就这一问,让我感动了好几天。"离休干部魏文秀在为苑刊撰写的《生活管家,我的贴心小棉袄》中这样说。

"我们是年过八十的两口子,怎么也没有想到,入住颐和苑半年,整天和我们打交道的是一群充满朝气、乐于助人的年轻人。他们朗朗的笑声,勤快的手脚,仿佛又使我们回到了年轻时代。特别是身边的管家,我们的日常生活的点点滴滴,都和他们密切相关。他们随叫随到,任劳任怨,为我们做了很多工作。"长者计蔚南老师在他写的《点赞我们身边的贴心人——管家》一文中,特意这样写道。

"吴燕是养护院的领导。好多长期卧床不能自理的老人,他们大多数患有便秘。吴燕一边做护理员思想工作,一边亲自示范护理技巧,定期为老人手抠大便。"这是养护院的运营总监杨赛辉在为"服务明星"吴燕而点赞。

…………

这平凡而又温馨的一幕幕,每天都在颐和苑上演,在传递着爱,在传递着敬老、爱老、助老的美德。

颐和苑的"上海市五一劳动奖章"获得者、生活管家胡叶曾这样说:"尊老爱幼是我们中华民族的优良传统。我每每看到苑内长者的面庞,那被时光年轮碾过留下的岁月痕迹,那被岁月磨弯的脊背,我都不由得要想起我的父母,我的亲人。它激发了我要让长者们在苑内感受到家的温馨。"

其实,这话不只是发自胡叶的心窝,也是出自颐和苑所有员工的心声。这用心书写的平凡而又温馨的一幕幕,既是颐和苑"丹心敬老"的体现,更是周保云理事长一直在倡导的"三个服务"——微笑服务、主动服务、情感服务的生动写照。

第一印象:人人脸上都洋溢着微笑

"微笑,是颐和苑的标志。"记得有一次在采访中共金山区委统战部副部长戴平先生时,他一上来就这么对我说。

戴平先生,也是金山人,五十开外。他参加工作后,尽管岗位调动过不少次,从工厂团委书记到镇长、镇党委书记,再到区委宣传部副部长、区科委党组书记、区经济协作办主任等,但从未离开金山。这些年来,他几乎跑遍了金山的每个角落,对金山有着浓浓的乡情。

人贵在相互了解,知根知底。戴平副部长对周理事长了如指掌,他说:"周理事长与我年龄相仿,也出生在金山,在金山长大。我一直在关注着颐和苑的成长和发展。这两年,我是看着它一步步走过来的。它给我的第一印象,就是每个人的脸上,无论是老人还是员工,都洋溢着微笑。"

戴先生说到这里,顿了顿,目光专注地看着我:"我给颐和苑下的定义是,这是一个由慈善与爱心灌注的、充满真诚微笑的地方。"

"那么这慈善与爱心从何而来呢?"我禁不住地问道。

"这便要归功于颐和苑创始人周保云理事长以及他的夫人全身心的付出。"戴副部长充满深情地说,"更令人敬佩的是,周保云理事长把颐和苑的建设视为人生的第三次创业,而且是一次不以赚钱为最终目的的创业。"

在戴副部长的眼中,周保云理事长有着不一样的人生情怀。他说:"周理事长是一个铁打的军人。他正直、刚正不阿,又慈善厚道,还有一种锐意进取的精神。这三者兼容,就形成了周理事长与普通经商人不一样的价值观。"

确实如此。我在苑刊创办前不久,就曾对周理事长作过一次专访。当我谈起有些老人对颐和苑作为非营利性养老机构还心存担心时,周保云爽快地对我说:"请告诉老人们,这是源自我对家乡的一种情怀。我在自己多个地产项目中,颐和苑是唯一出于公益目的的。我为能做好这件实事,一直在尽心尽力地做好每一项工作,请老人们尽管放心、安心,在这里安度晚年。"

养老产业的核心是服务。周保云为能做好这项养老产业实事,从创办一开始,就在服务上下功夫。他说:"'硬件'容易'软件'难。'硬件'容易复制,而'软件'是出自内心深处的,是真实力,是无法生吞活剥的。因此,做好服务工作,这无疑是办好养老产业的关键所在。"

周保云做服务工作可谓内行。他在深圳所掘得的第一桶金,就是来自服务行业——餐饮。那时,他还年轻,从宾馆做服务员开始,一直到升任大堂经理,最后辞职"下海",直接做餐饮,前后十年,围绕"服务"生意越做越大。这里,除了前期的专业深造,并在历练中掌握了一套酒店管理模式外,周保云更从中领悟到:这一路走来,事业的成功,关键还在于服务上。因此,在采访中,周保云对我说:"做好服务工作,这是办好养老产业的关键所在。我们在为老服务上,一定要关注每一个细节,服务好每一位老人,真用心、用真心,真用情、用真

微笑在每个人的脸上(季林摄)

情,要时时为老人送温暖、办实事、做好事、解难事,争取得到更多老人及家属的认可,获得更好的口碑。所以,我从一开始就对全体员工提出,要始终坚持微笑服务、主动服务、情感服务,在这'三个服务'上下功夫。"

周保云是这样说的,也是这样做的。每一期新招聘进来的员工培训,其第一课,就是讲"三个服务"。他说:"这是颐和苑服务的核心价值体现。我们要让每一位员工,包括所有的管理层和一线员工,领悟其精髓所在,且牢记于心,付诸行动,落实到日常的为老服务工作中去。"

微笑挂脸上,服务记心中。颐和苑开业以来,正是在周理事长的一贯倡导下,不知不觉中,一张张自然亲切而又发自内心的"微笑"已成为颐和苑无形的名片,极具感染力。正如护工王育浴说的那样,如今,"在颐和苑,不管是否认识,见面都会主动打招呼。微笑是有温度的,当微笑在每个人的脸上像花儿一样绽放时,家的温暖便洋溢整个颐和苑了"。

第二印象:员工手勤、脚勤、嘴勤

"三个服务"中的"主动服务",周保云曾用一句简单的话来加以概括,就是"服务做在客人要求之前"。这是他当年做餐饮行业历时十年所提炼出来的一条"服务经"。

听颐和苑周菊贤副总经理说,有一次在中层干部培训时,大家对"主动服务"讨论得特别热烈。不少人想到了"海底捞",因为他们都到那里去"打卡"过,那场景令他们折服:看到客人在等位时,服务员会主动提供茶水点心、报纸杂志、扑克牌等,还有免费的擦鞋、美甲等服务;就餐中,除了热情周到的各种贴心细致服务,还会送上各种惊喜,几乎所有的服务不需要客人开口,服务员都想在了前面。于是,周副总在讨论中便引导说:"这些已成了其他餐饮行业望尘莫及、无法复制的'海底捞文化'。那作为我们养老服务行业,虽然有别于餐饮和酒店行业,但服务有很多共性,也有很多可以举一反三的地方,我们各部门不也有值得探究和发扬的地方吗?"

一石激起千层浪。于是,大家各自结合自己的部门谈开了:

——作为市场部,能否在访客第一次来颐和苑参观的时候,每一个环节都考虑在客人开口之前,比如提前和门卫对接好,主动上前迎接,让客人一进大门,就有宾至如归的感觉。

——作为管家部、养护院或护理院,有更多可以体现我们主动服务的细节之处,如是否事事都能在老人开口之前提前想到,能否在家属询问之前提前告知老人的近况,等等。同样的工作量,我们提前考虑并提供服务,和对方提出要求再给予服务,老人或家属的感觉是完全不一样的。

——要做到主动服务,首先要有主动服务的意识。其次,要学会察言观色。作为养老服务行业,要做到主动服务。作为管家或护工,还要尽可能熟悉老人的生活习惯,了解他们的心理动态,并不断学习积累服务内容,这样才能把服务做在前头,做到长者的心里。

…………

要把"三个服务"做到"家",落在实处,榜样的力量是很重要的。为此,颐和苑着手认真地总结了"上海市五一劳动奖章"获得者、生活管家胡叶的"三用""三勤"和"三不错"的"工作经"。

"三用",即"用心",把长者交代的事、具体要求放在心上;"用脑",做事要分轻重缓急,思考问题要全面;"用情",把长者当作自己的家人对待,换位思考。

"三勤",即为老人服务要做到手勤、脚勤、嘴勤。

"三不错",即报刊信件不发错,送洗衣物不搞错,老人交办的事情不做错。

这三个"三"为长者服务的"工作经",是胡叶作为上海颐和苑老年服务中心管家部主管自创的,是她几年来从事养老事业工作积累的宝贵经验。胡叶说,要为老人主动服务好,那"三勤"——手勤、脚勤、嘴勤,是最基本的要求。

榜样的力量是无穷的。几年来,颐和苑的员工在周理事长强有力的倡导下,在胡叶的影响下,主动服务意识不仅得到了强化,而且久而久之,逐步形成了一种良好的习惯,一种信念,一种精神支柱。

第三印象：员工不是亲人胜似亲人

在颐和苑,我自当了苑刊执行主编后,听到最多的一句话,就是不少老人和家属夸管家或护工——"不是亲人胜似亲人"。

感人心者,莫先乎情。谁都希望被人理解、被人尊重、被人鼓励。因此,在为老服务中,周保云理事长一直对员工强调——"情感不能缺失"。他说:"能不能让老人融入情感,对我们产生情感,这才是与五星级酒店的服务差别。他们的服务,并非发自内心。而我们见了面打招呼,把老人当家里人融入到自己的心窝里。所以,不少老人对我们的管家和护工说,不是亲人胜似亲人。这就是情感服务的体现。"

为了充分激发和调动员工为老服务的热情,颐和苑领导层从总经理、副总经理到运营总监,根据周保云理事长关于颐和苑精神文明建设工作提出的要求,制定了一系列激励措施。比如,每个季度评选一次"服务明星",每年评选一次"优秀员工""优秀团队";开业前几年,每年都不定期选派优秀员工去丹麦学习交流,等等。通过这些激励措施,深入挖掘员工工作、学习、生活及精神文明创建活动中的闪光点,树立"新标杆",运用榜样力量,促进社会公德、职业道德、家庭美德、个人品德建设,强化文化浸润,弘扬文化基因。

一次次激励,化为了员工对老人的无限的爱。

我曾听管家说,不少老人离开了生活几十年的家,来到养老院这个新的环境,开始时恐惧、焦虑、不安都有可能发生;有的老人远离子女,几年都未见过面,孤寂、失落、不适也写在他们的脸上。

细心的生活管家,贴心的护工,看在眼里,记在心里,又落实到了行动上。

不是吗？被称为"粉衣天使"的吴燕,对老人如自己父母那样关注他们。她在工作中,很注意了解老年人的基本需求和心理状态,挖掘老人的潜能,鼓励他们参加各种兴趣活动,丰富生活。她的这种合情、合理的体贴,到位的情感服务,天长日久,老人戒备消失了,微笑替代了落寞,有的老人拉着吴燕的手,由衷地说:"你们胜过我们的亲生儿女。"

写到这里,使我又不由得想起颐和苑另一位领军人物,她就是副理事长马红兵女士。

当美丽的颐和苑张开双臂拥抱每一位向它走来的长者那一刻起,细心的马红兵就在酝酿一项大的行动——

早在颐和苑开业之前,她就在想:入住颐和苑的长者,大多有着丰富的阅历和人生经历,面向他们,我们的服务既要有广度,又要有深度。广度,即包含的服务覆盖面,要多元化,包括各种居住服务、餐饮服务、医疗服务、护理服务和精神文化服务等。而深度,就要在每一项服务中都能立足长者,真正满足他们的需求,尊重每一个长者,把各项服务做深、做细、做实,从不同的维度满足不同长者的需求……

颐和苑开业之后,马红兵发现,养老区域的老人,尚可尽情享受美丽园林的乐趣,尚可在各种兴趣活动中体现"老有所乐、老有所为",可是一到护理区,那里的老人,或重病卧床,或与轮椅为伴,或拄着拐杖蹒跚而行……

看到这一切,马副理事长的心沉重了,她要为这一弱势群体带来关爱,带来温暖与呵护,使那些在床榻上、轮椅上的老人也能沐浴到家园的阳光,感受夕阳的暖。于是,她利用自己的社会关系,把那些富有爱心的来自我国香港、台湾或来自北美等地的海外人士组织起来,成立了一个名字叫"喜乐探访团"的志愿者组织。

这个"探访团"的成员,从2016年10月开始,每个周五,他们就从四面八方,满怀着赤诚的爱和无私奉献的精神,来到颐和苑,出现在老人的身边,听老人倾诉,与老人聊天。中午,他们会与老人共进午餐。他们说:"我们十分珍惜每周五与老人共进午餐的机会,好像和自己的爷爷、奶奶、父母在一起,一起吃饭,一起话家常,没有距离,只有温暖!"

除了心灵、情感的交流,"喜乐天使"还为老人的养生定制了多种活动:借经典老歌、儿歌或熟悉的戏曲,让老人边唱边活动手指;多种活动肢体的运动,如彩球操、按摩操等也应运而生。我作为苑刊记者,也曾有两次参加过他们的活动,同老人们一起唱起来,动起来。

丹麦总经理在陪着长者户外散步

从此,周五,这一个相聚的日子,养护院总是热热闹闹,惊喜连连,老人们总盼这一天的到来。因为这一天,这些历经沧桑的老人,又重拾记忆,找回曾经的自己,感受人生没有谢幕。

马副理事长情系老人,用行动书写了颐和苑"三个服务"的新篇章。

"微笑服务""主动服务""情感服务"——这"三个服务",是颐和苑为老服务的核心价值体现。服务无止境,在养老服务工作中,没有最好,只有更好!颐和苑的一位员工说得好:"因为热爱,所以执着;因为感恩,所以坚守。这个大家庭已经充满了满满的爱,爱在颐和苑中传递。"

第六节　我在"幸福养老"论坛上的两次发言

颐和苑自 2015 年创办以来,每年都要结合年庆举办一次"幸福养老"研讨会。如今,伴随着家园的成长,这个关乎家园建设和发展、凝聚颐和人"幸福养老"共识的活动平台,已走过了七个年头,从未中断。这也是颐和苑不一样的地方。

我在颐和苑的"幸福论坛"上曾作过两次发言,第一次是在颐和苑创办一周年之时,我作了一个题为《从生命的高度,审视居家式"幸福养老"新模式》的发言;第二次是在颐和苑开业两周年之时,我根据自己的实践感悟,就怎样才能实现"幸福养老"这一永恒的主题,较深入地谈了自己的三点认识,发言的题目是《立足自我,营造幸福晚年》。现将这两次发言刊录如下,供读者参考。

第一次发言——从生命的高度,审视居家式"幸福养老"新模式:

> 我入住颐和苑,是从今年6月6日开始的,前后仅三四个月。但在我与许多长者的接触中,从他们那里,我听到和看到了不少这一年发生在颐和苑的感人故事。当然,如同其他新生事物一样,在她成长和发展的过程中,也不可避免地存在着这样或那样的问题,有待于我们进一步去改进。不过,这里最关键的问题是,我们如何去解决存在的问题,并从中总结出这一养老新模式的规律和成功的经验。这样,我们才能把周保云先生首创的将传统的居家养老和新兴的机构养老的优势充分地融合在一起,把她推向更高的一个层次。
>
> 我这里说的"高度",就是要从生命的高度,来审视居家式"幸福养老"的新模式。
>
> 我十分赞同丹麦执事家园对养老事业所奉行的理念,就是把每位老人都视为一个有价值、有个性的个体,满足老人在生理、心理、社交、文化和精神上的需求。因此,他们倡导"以人为本"的理念,让老年人过上有尊严、有品质的生活,让居住于机构内的每一位老年朋友都能感受到来自他们服务管理团队的专业与关怀。这就是从生命的高度,来审视、来看待、来处理管理团队服务中的人和事,而不是就事论事地看待与处理日常养护中的种种问题。这是一种更高的境界。我想,我

第二章 别样颐和苑

在"幸福养老"论坛上发言

如果判断不错的话,这正是颐和苑的领军人物、我们的理事长周保云先生选择与丹麦执事家园合作,让他们对颐和苑进行日常的全面管理的初心所在。

说实在的,我和我夫人选择颐和苑,就是冲着周保云先生这一养老管理理念来的,就是冲着他以"家"为目标管理、以"田园"为生活环境,营造这诗一般的生活,由此实行居家型养老、疗休式护理,使我们入住老人在晚年有一个颐养天年的和谐家园。这怎能不令我们虽已苍老,但还期望过上一个有尊严、有品质的生活而心动呢?!

我清楚地记得,今年年初,我们一行十来人到颐和苑探访的时候,正巧碰到了周理事长。在与他的交谈中,他所表露出来的心声,更坚定了我选择的决心。特别是周保云理事长那种把对颐和苑的建设视为人生的"第三次创业",而且是一次不以"赚钱"为最终目的创业,我们一行人无不为之动容。所以当场我就签订了预订合同。

(下略)

69

第二次发言——立足自我,营造幸福晚年:

在人生的旅途中,晚年是生命的最后一程。这一程,长则二三十年,短则几年。这里,不管长也好,短也好,关键在于要活出生命的质量。质量,是"幸福养老"的核心内涵。

国庆节前——9月28日,市政府新闻办举行了新闻发布会。副市长翁铁慧介绍了新出台的《"健康上海2030"规划纲要》相关情况。作为推进健康上海建设的行动纲领,它向我们展示的健康上海是一幅怎样的蓝图呢?翁铁慧副市长说,《规划纲要》要把人民健康放在优先发展位置。为此,纲领提出了23项建设指标。其中,主要健康指标"人均预期寿命"要保持发达国家水平,并增加了"健康预期寿命超过72岁""常见恶性肿瘤诊断时早期比例不低于40%"等体现健康标准的10个指标。为实现这一健康指标,《规划纲要》提出要按照"治未病,补短板"的要求,转变健康策略,营造健康文化。同时,要用科技创新引领健康建设。这个《规划纲要》的出台,是我们上海人特别是上海老年人的福音。

上海目前已经步入深度老龄化社会,健全对老年人的医疗服务是当务之急。虽然上海在2016年平均预期寿命已达到83.18岁,保持了发达国家和地区的水平,但这种普通期望寿命是以死亡为终点的。而新增"健康预期寿命",其最大不同是在于以丧失日常生活能力为终点,在关注生命数量的同时,更加关注生命质量。这和我们今天举办的"幸福养老"研讨会的主旨不谋而合。这也是我们周保云理事长开创"上海颐和苑老年服务中心"的初衷——引进新理念,运用新模式,让老人们生活得"开心、舒心、顺心、称心、安心"。

那么,怎样才能实现"幸福养老"呢?"幸福"的深刻含义又包括哪些方面呢?

这里,我根据自己的实践感悟,归纳出三点,供长者们参考——

不是亲人,胜似亲人

第一,对具有日常生活能力的健康老人来说,我认为,要尽可能地多接触社会,多参加各种社交活动。

为什么这样说?道理很简单。因为,人是社会的人。人,从出生到长大,都是在社会这个大环境中"经历风雨,见世面",一天天成长起来的。人和动物的大脑结构与机能都不是先天完成或自然成熟的,而是后天在各类活动中,在与社会接触中,不断发展、日趋成熟的。大量心理实验结果证明,人的脑力发展除受遗传因素影响外,还受环境和经验的影响。社会上的各种信息,社交活动中人与人之间的交流接触,这都有利于促进人脑力的发展。但人到老年,其大脑功能无疑在走下坡路,在逐步退化,一天不如一天。此时,你如果再不接触社会,不参加社交活动,整天窝在家里,缺乏必要的外界刺激,那不仅会加速大脑的退化,使之越来越迟钝,而且这种自我封闭的后果,会使你生存的空间越来越狭小,整天足不出户,在仅有的几十平方米的空间里,转来转去,想这想那,越想烦恼越多,这哪里还有"幸福"可言呢?!

最近,我在《新民晚报》上看到一篇写著名作家冯骥才的长篇通讯

《冯骥才,拉着生命的马车不放手》,读后很有启发。

冯骥才,1942年生于天津,实足75岁。但至今还是个大忙人,写作、绘画、投身文化遗产和古村落保护工作。2013年,他去法国演讲,主旨说的是要保护中国的古村落。冯骥才当时已71岁,法国人简直不相信他已70出头。他为什么活得这么年轻呢?冯骥才对法国人说:"我经常忘记自己的年龄,忘记年龄的人永远是年轻的。这里有两方面使然。一是,我永远与现实、与生活、与生活的前沿、与生活的问题纠结在一起,我一直在生活的旋涡里,不会觉得自己老了。二是我在大学里,与年轻人在一起,培养研究生、博士,充满活力。"各位长者,冯骥才讲的这两点,我反复琢磨了许久,我觉得其中寓含着深刻的人生哲理。因此,要使生命之树常青,那我们的"生命的马车"就要像冯骥才先生那样,拉着不放手,要"永远与现实、与生活、与生活的前沿,与生活的问题纠结在一起"。

作为一个来自各方的知识群体,我们要尽可能地扩大生活的圈子,多接触活生生的社会,多参与适合自己的社交活动,不能因为"老"而拒绝,要主动参与。这样,您的生命才会充满活力,您才会在与社会接触中,进一步体会到外部的精彩世界给您的生活带来的不一样的"幸福感"。

第二,要使自己的晚年生活幸福,我们生命的脚步还不能停下来,还要有所追求,要为自己的退休生活制定一个或大或小的生活目标,做自己喜欢做的事情,把自己的精力全部放在正确、有效的欲望上,要"老有所为"。

幸福是在追求中赢得的。没有生活目标,也就无所谓追求。我很敬佩我们苑内的不少长者,他们尽管都八十多岁了,有的已经在奔"九"了,但我发现他们每人都有明确的生活目标。

比如,我们的书画大师朱景龙先生,他1994年退休至今,已二十多个年头。他在刊登于《颐和苑》创刊号上的《如画人生》一文中说:"我

20年的退休生活,是我终身难忘的20年,是我学习作画的20年,是我最快乐最幸福的20年。"他又说:"20多年来,我临摹、创作的绘画作品有数百幅,有数十幅作品参加区、市、全国展览,并在报刊上发表,多次获得金、银、铜等奖牌与各项荣誉证书,这更激发了我作画的兴趣。"朱景龙先生获得的这一项项荣誉,正是他在一个个目标的追求中赢得的。他说:"在我未来的退休生活中,我打算用三五年时间完成中国古典小说四大名著人物画,写一部人生回忆录。退休后的作画生涯,使我真正体会到'老有所学,老有所为,老有所乐'的人生价值。"

第三,人老了,身体是第一位的。这是"幸福养老"的根本所在。因此,要使自己的晚年生活开心一点,幸福多多,我们每天一定要多参加一些适宜的运动,努力提高自己的身体素质。

有句话说得好:"毛病是吃出来,烦恼是想出来,健康是走出来。"颐和苑周理事长为我们创建了这么好的环境——会所里有各种活动场所,会所外的果园四周还有1500米健康步道。我们要充分利用这些条件,把健康"走出来"。

运动,贵在坚持。我们要针对自己的身体状况,有的放矢地开展锻炼,要持之以恒,不要"三天打鱼两天晒网"。躺在床上,是舒服的。但躺久了,就会躺出毛病来,就可能下不来了。到那时,你就后悔莫及。十几天前,网上有一段被称为最智慧的话,说出了问题的本质:"世界是你的,也是我的,但归根结底属于那些身体好的,活得久的!"是呵,讲得一点不错,所言极是。我们尽管人老了,但要活出生命的精彩,活出生活的质量,活出健康的体魄,这才是硬道理。试想一下,若没有了健康,躺在床上,左一根管子右一根管子插着,"幸福养老"岂不成了一句空话?让我们一起行动起来,持之以恒,走向1500米健康步道,走向那"一份地",边锻炼边劳动,边在"一份地"里上大学。把我们的"幸福养老"研讨活动,切切实实落实在行动之中。

第七节　梦想成真：我和《生命之歌》

夏夜，静谧、安宁。

窗外，远处楼宇的灯光，渐渐稀疏。夜，已经很深了，但我依然没有丝毫的睡意。

连日来，那静静躺在我书桌上，由120多位长者和年轻员工撰写的近50万字的书稿《生命之歌》，一直在震撼着我的心灵。我一篇又一篇地翻阅着，审阅着，透过字里行间，我似乎听到了年轻员工迈着的"青春的脚步"声；当我翻到那"闪光的年代"，我又似乎看到了那生活在我身边的平凡的长者在"穿越解放战争的烽火"，我又似乎听到了当年朝鲜战场上上甘岭战役的隆隆炮声；走进"拼搏的年代"，我更看到了许多"志在四方"的好儿女，怀着崇高的理想，在奔向祖国最需要的地方……这篇篇文稿，飘逸着浓浓的墨香，闪耀着人生历程的光芒。

这是一本沉甸甸的书稿，是颐和人用心血写成的书：写的是我们自己的故事。

我能在颐和苑开业五周年的时刻，组织大家编成这样一部书稿，我由衷地激奋，由衷地欣喜……

一个突发的"梦想"

这是2019年8月24日，凌晨。

不知怎的，我朦朦胧胧地从梦中惊醒，脑海中似乎在酝酿着一个书名——《生命之歌》。"对，就这个名字！"我在心中默默地想着。打开灯，一看，还不到五点。

不过，我再也睡不着了，于是，我坐起来，开始给周理事长发微信：时间是——凌晨5:32。

周理事长,近半个月,审读《上海颐和苑》第三期稿件和"新中国成立70周年"征文,一篇篇文稿,震撼着我的心灵,颐和苑的人文资源太丰富了,我们要充分地把它挖掘出来,为养老事业服务,为培训新员工服务,还要为社会、为教育下一代服务,使这里成为青少年教育基地。

二期开业后,"资源"会更加丰富,可搞个展厅,题目就叫"往事追忆:我们曾有过的闪光岁月",激励老人,教育员工,教育下一代。我们这里的兴趣小组,可利用这些真实材料、事迹,编成节目来演出,这是对老人的鼓舞,这是对丹麦养老理念"幸福养老"的新发展。

我们还可以成立"7890为了下一代讲师团",为教育中小学生服务(7890,指70岁、80岁、90岁这些老人)。我们要打开思路,跳出传统养老的束缚,倡导积极养老。

以上,是我生发出来的种种不成熟的想法,供参考。何时有时间,很想结合五周年年庆,就颐和苑的舆论宣传工作的有关设想与您沟通一下,更好地建设我们的家园。

上午7:41,周理事长回复:很好! 我们安排时间,深入研究。

一个星期后,读书写作组组长毕文杰老师召开组长扩大会,协助"苑刊"筹备第三次研讨会。会上,我把这一想法和盘托出给大家。与会者一致赞同,认为这是个"金点子",并建议我在即将于常州、扬州之行中召开的"苑刊"第三次研讨会上作一个主题发言。

2019年11月6日至9日,我在上海颐和苑老年服务中心第三次"苑刊"研讨会上作的主题发言的最后提出了这样一个建议:

探索与挖掘夕阳文化,这是由颐和苑精准定位所决定的。这一定位的内涵,就是让入住的长者有尊严地生活,快乐地享受,健康地延年,实现真正的幸福养老。入住颐和苑的中产阶层退休人员,如教师、军人、医务工作者、政府部门公务员等,他们都是在与共和国共同奋斗中成长起来的一代人。

在那过去的激情岁月里,他们都有闪光的年华,这是一笔不可多得的、极其珍贵的文化遗产。从这个意义上说,颐和苑是一座"金矿",我们有责任把它开采出来,让"夕阳文化"在做好养老服务工作中焕发出它应有的光和热。

探索、挖掘和传承"夕阳文化",可以提升入住长者养老的幸福指数,可以作为培训颐和苑员工的鲜活教材,其意义不可估量。为此,我建议,我们共同来撰写一本属于我们颐和人的颂歌——《生命之歌》。

正式出版的《生命之歌》

我的这一主张,得到了与会成员的一致认同。

新冠疫情让出书的脚步放慢

"没有前奏,没有预警,甚至没有让你躲避的机会,一场灾难悄然降临……"读书写作组组长周景新在《走过严冬》一文中曾这样描述着这场突如其来的疫情。

这是我万万没有想到的。我原打算春节过后,就在全苑启动《生命之歌》采编工作。然而,残酷的现实,每天见诸报端的那一串串冰冷的数字,那一条条令人不寒而栗的新闻,让我不知所措。开始,我想,二月过后三月初,"春天"就会到来,颐和苑的大门就会重新敞开。但这一切皆以失望告终,严冬过后还是严冬。

我实在等不及了，3月7日上午，我向颐和苑的最高领导发了一条微信："周理事长，近半个月来，我一直在家里编辑《上海颐和苑》2020年第一期，遇到问题都是通过手机与作者联系的，但有些问题必须当面处理，否则讲不清。特别是有关排版方面涉及的问题还要和小盛当面商量才行。现在，不知颐和苑何时开禁？我在电视上看到，民政部已发通知，养老院可根据疫情有序对外开放。我们颐和苑准备何时对外开放？班车何时有？"

周理事长即刻回复："现在还是要看市民政局的相关通知，我估计应该在四月头上差不多。"

转眼又一个月过去了。"四月头上"已过，"严冬"还没有一点化解的迹象。怎么办？十月的庆典一天天在逼近。时不我待。

2020年4月10日，我立刻以编辑部的名义，拟写了一份关于《生命之歌》一书征稿的"七点意见"，让苑方在长者中广为宣传：

1. 设置海报广为宣传。在会所大厅和集中用餐处，制作海报，提示该书各编的内容提要。

2. 将海报宣传提纲发至养护院和护理院行动不便的长者，让他们及时知晓该书内容，尽力为该书撰稿。

3. 激发每一位长者积极撰写自己一生为共和国的发展拼搏献身的业绩，每篇2000字左右。

4. 读写组成员尽力帮助因各种原因撰写有困难的长者，记录他们的人生感悟、人生启迪。

5. 在全面发动、了解全局的基础上，苑刊将根据各位长者提供的撰写素材，按书稿需要，派人采写。每人3500字至4000字。

6. 苑刊真诚地期望广大员工协助采编人员积极做好此项工作，深入各户，在长者床边做好宣传工作。

7. 这是献给苑庆五周年的一项厚礼,时间紧,任务重,敬请各位长者和员工大力支持。

《上海颐和苑》编辑部

2020年4月10日

当天,苑刊编辑部副主编小盛,就根据我撰写的关于《生命之歌》一书每一"编"的征稿内容"提示",让广告公司制作了一份以红色为底衬的海报,展示在会所大厅里。

编撰《生命之歌》一书的序幕,终于徐徐拉开。

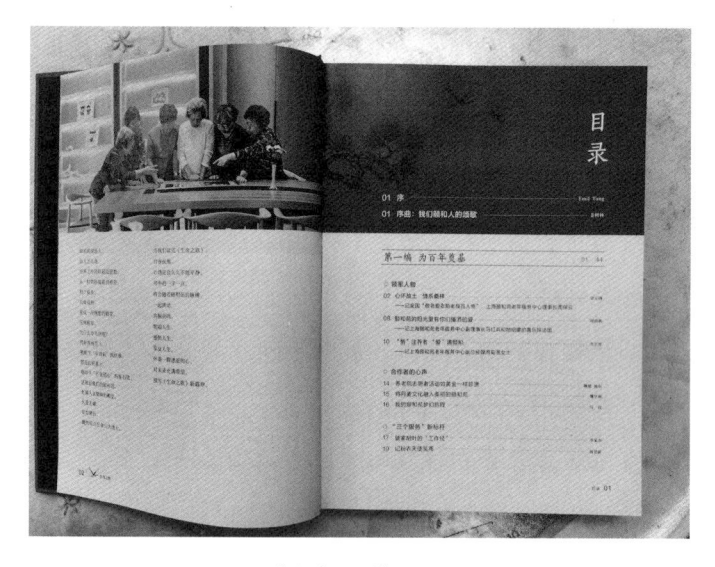

《生命之歌》内页

各方同心协力,加快完稿步伐

"严冬",终于有了转机。随着疫情的好转,颐和苑的大门开始有条件地对内开放。

为加快步伐,进一步做好发动工作,4月25日、26日,一连两天分两批在多功能厅召开《生命之歌》编撰人员动员大会。在动员大会上,大家汇成了一个心声,拧成了一个决心、一股力量:我们要用心用情,用我们过去流出的汗水、付出的心血,写出我们颐和人的故事,出一本我们自己的书——《生命之歌》。

在以后的两三个月的时间里,颐和人——年轻员工和入住的长者一个个都在用笔辛勤地耕耘着⋯⋯

丹麦合作方执事家园 CEO Emil Tang、颐和苑丹麦方管理人员 Lene 和 Poul 夫妇及前任总经理亨利先生、乌拉女士分别从重洋远隔的丹麦发来祝贺、转来他们的心语⋯⋯

在奏响《生命之歌》的那些时日里,点点滴滴都感人至深:

不少老人重挥笔墨,打开记忆的阀门,回忆人生。6号楼的徐红元先生,最令人感动。这位来自武警部队的曾两次荣获三等功的长者,听说苑里要出一本《生命之歌》,写一写我们自己的故事,他喜上眉梢,一口气就写了6000多字。后来,因血压升高,住院了,他在病床还在不停地写。他说:"军营的难忘岁月,既是我的人生轨迹,又是一笔宝贵的财富。我一定要把它写出来,留给后人,这对自己也是一种纪念。"

在颐和苑入住的老人,大多都八九十岁了。他们都有着极其丰富的人生,想写,但心力不足。于是,读写组的不少成员在两位新、老组长的带领下,走访在老人中间,听讲述,做记录,用他们的笔替七八位老人写下了他们精彩纷呈的人生。

打开《生命之歌》第三编"闪光的人生","余君伟"的名字特别引人注目。在这一编里,他一个人就采写了三篇,其中涉及十位长者。特别是《中国核城:他们在那里拼搏过、奉献过》那篇采访手记,他前后花了一两个月时间,登门拜访了11位在中国核基地工作过的长者,用心捕捉、提炼他们的精彩人生故事。为写好这篇访谈,彰显"两弹一星"精神,他一次次地打开电脑,查阅资料。他说,我要把这些看似平常的人生故事,放在"决定国家命运、改变世界格局"的这一大背景下,从"铸起民族脊梁"的视角,用心、用情来书写、来歌颂"两弹一星"的精神。因为我们撰写的这本书,可见证一代人的精神,我们要把它作为百年颐和苑最厚重的一块奠基石。

《生命之歌》的最后一编——"人生的感悟",共20篇,每篇虽仅有500来字,但这每篇稿子都来之不易。参与撰写的21位长者,其中不少人卧病在床。这一编能大功告成,李胜华老师功不可没。为采编好《生命之歌》,早在苑刊召开第三次研讨会期间,他就不顾自己年迈,一一登门,先后了解了40多位80岁以上的老人的生平。当本书进入最后编写阶段,他又与小管家再次登门,一家一户地去倾听老人的讲述,帮他们回味、提炼各自的"人生感悟"。

书稿汇总后,陈亦冰和周密又为书稿的润色付出了辛勤的劳动。

《生命之歌》里的故事,需要多种照片与图片的配合,这个夏天,摄影组担负了这个繁重而又琐碎的重任:黄映石、田如漪、赵自勉、陈永乾等几位老师,在烈日里挨家挨户替老人拍照,在烈日的外景地、在会所的摄影室认真专注拍摄着故事中的老人……

朱怡婷、田伟伟等员工打字、打印,三个多月来,工作量剧增,却从无一句怨言,修长的手指在键盘上飞舞……

这是一个使命,这是一份责任,这是一种心声,这是一股力量!

汗水和心血,换来的是宝贵的时间。经过近3个月的努力,88天的奋战,我们终于完成了一项百人参与的大工程——《生命之歌》。

《生命之歌》记载的是无数动人的故事,奏响的是激荡人心的生命旋律,凝聚的是几百个人生命的心血,传诵的是教人育后的感人篇章,见证的是一代人与共和国的相依!

《生命之歌》是颐和人的歌!

今天,当我们真切地触摸到《生命之歌》一书、无比亲切地翻阅着它的篇章时,满满的是欣慰与自豪!我们相信,我们捧在手中的不仅仅是一本书,它是一个有力量的象征、一个最美好的愿望。

以《生命之歌》向颐和苑的五周年献礼!百年梦想在《生命之歌》里诞生!百年梦想从《生命之歌》里放飞!

《生命之歌》首发式

　　《生命之歌》一书,是我一生编撰的五六十本书中的最有价值的书之一,也是我最用心编撰的书之一。这本近50万字的全彩的厚重之作,随着时间的推移,将越来越显出它的历史价值。因为她全景式地展示了颐和苑这个"百年老店"的初容。

第八节　特别探访:揭开颐和苑二期"面纱"

　　2017年3月,我作为苑刊的执行主编曾就颐和苑二期采访上海颐和苑老年服务中心理事长周保云,并在新年的第一期上刊登了一篇题为《颐和苑二期:引人注目的五大"亮点"》的专题报道,引起了苑内外读者的广泛关注。经过几年的建设,二期的13栋欧式小高层新楼拔地而起,即将开业迎客。2020年10月,在二期开业迎客之际,我以苑刊记者的身份,来到二期项目所在地进行了一次特别探访。下面就是我当时写的探访记——

　　首先呈现在我面前的,是新建的约七千平方米的方型综合配套会所,坐拥三四千平方米的方形大草坪,它与东西的生态景观连成一体。

走进会所，徜徉在各层的娱乐休闲、餐饮场所，好似走进了豪华庄重的五星级宾馆。这里，各种服务设施齐全，应有尽有。

当自动开启的两扇大门一打开，一个宫殿似的大堂便展现在我的眼前。那富丽堂皇的大吊灯，那气派的服务前台，那设计温馨的会客区，既显示了会所的高贵，又处处给人宾至如归的感觉。

漫步前行，只见两边各有一组色彩怡人的大沙发，中间的大理石台面的大茶几上，置放着一只美丽的大花瓶，似乎有一股清香扑鼻而来。

大厅的中间有一个硕大的花坛。

左边是200平方米的多功能厅，可容纳三四百人的活动。舞台的设施一应俱全。这里，既可作为演艺厅、观影区、讲座或作品展示之用，又可改为羽毛球场、乒乓球场，作为健身之用。

右边，多功能厅的对面是餐饮区。这里，有宽敞的中餐厅。厅内错落有致地摆放着可供2人到4人共同进餐的桌子。除中餐厅外，这里还有颇具特色的西餐厅以及3个自助餐厅。

若乘电梯去二楼，如向右拐，你可看到有7个大小不一的独立雅致的餐饮包房，可供苑内长者亲朋好友聚餐；如向左拐，你可看到这里有一个豪华的电影院。那大沙发座椅，舒适宜人，而在影院南面，还有一间古色古香的中式茶室。

颐和苑二期外景（孙育玮摄）

二楼的中心部分为舞蹈房,这里是一个呈 L 形的大房间。进门右边,整面墙安装了一面大镜子,专供舞蹈爱好者对镜练舞。舞蹈房对面,还有一间咖啡吧。练完舞蹈可到这里闲坐,享受雅致的服务。

三楼是各类活动室。这里有图书阅览室、书画室、布艺手工室、音乐欣赏室、钢琴室、会议室等活动场所。每间活动室都根据需要添置了各种娱乐休闲设施,免费向全体老人开放,为长者们带来多姿多彩的闲趣时光。

在会所的外面,还有宽敞的大阳台,周边盆栽的各种植物,构成了一个绿色的露天花园。形状各异的桌椅,配以人性化的摆设,吸引着长者们来这里谈天说地,说古道今。

探访完二期会所,那庄重大气的现代化设施,给记者留下了深刻印象。为进一步为大家揭开颐和苑二期的"面纱",了解"当家人"的设计理念,记者又就有关问题走访了周保云理事长。

提问之一:颐和苑二期与一期相比,在项目规模上有哪些突出的变化?

周保云:根据《上海颐和苑二期方案设计》,建设项目的规模有了很大的扩展:

——养老院用房,共 10 幢。其中 2 幢 8 层养老院寓居型用房,为小户型,一梯四户。标准层建筑面积约 705.74 m^2,顶层建筑面积 550.33 m^2;8 幢 8 层养老院寓居型用房,为大户型,底层为架空层,标准层一梯两户,每层建筑面积 732.15 m^2。顶层二梯六户,建筑面积 519.59 m^2。

——养护院用房。养护院用房及其一层裙房,其中北楼 8 层,标准层建筑面积 1325 m^2,南楼 8 层,标准层建筑面积 1628 m^2。北楼底层局部设置架空层,供老人活动使用。

上海颐和苑二期新增床位数 1900 个,其中养老院床位 1400 个,养护院床位 500 个。

提问之二:大户型养老院寓居型用房和小户型养老院寓居型用房,在建筑平面布局及功能区分上各有什么特点?

周保云:颐和苑二期,无论是大户型还是小户型在用房设计上一个显著

颐和苑二期会所大堂

的特点,就是采用南北通透户型。它采光好,通透性强,空气流畅,环境幽雅。

为最大限度地达到空气流畅,具有通透性,设计师在平面布局上采用北侧的东西向走廊,在满足规范、使用功能的情况下让使用面积最大化。建筑采用敞开式走廊和开敞式楼梯来连接上下的通行及疏散,楼梯间采用自然采光和通风。

每户养老院床位2至3个;每户设卧室、厨房、餐厅、客厅、书房、卫生间、玄关等。

提问之三:养护院用房在平面布局及功能区上又有什么特点?

周保云:新建养护院用房,环境幽雅,共8层。南北楼各采用二个封闭楼梯间来连接上下的通行及疏散,楼梯间同样也采用自然采光和通风。南北楼各设有一部电梯及一部医用电梯,南楼增设后勤电梯。

养护院用房,一层主要设置诊疗室、化验室、心电图室、B超室、抢救室、药房、消毒室、医护办公室、物理治疗室、作业治疗室等卫生保健、康复设施;二至七层,除了布置护理间外,还设计了家庭客厅、配餐场所、观察室、值班室、护士站、公共卫生间、清洗间、污物处理间等配套设施。

采访结束后周理事长告诉我,无论是养老院还是养护院,都为老龄朋友们的居住空间营造了一个"奢与适"的完美体验;这里,将处处洋溢着家庭的温馨,时时飘逸着田园的芬芳。

探访回来的路上,碰到几位长者,他们笑着告诉我说:"我们前几天也摸着进去看过了。二期为我们营造了更舒适的环境,筑就了更为安心的居养。

生活在这里,您的一切都可由生活管家为您提供亲情服务,同时满足您的休闲娱乐需求。它处处为我们筑造起一个温暖的港湾,茶室、咖啡厅、活动室,无所不有。光餐厅,就有7个独立雅间。"

"对呀,我们生活在这里,那是越活越滋润!"我不禁大声地回应着。

第九节 "记忆家园":初次失忆,请多关照

颐和苑在和丹麦的合作管理中,常会冒出一些令人意想不到的新鲜事。这不,如今又出现了一个"记忆家园"。

采访入住"记忆家园"的第一户

这是2021年12月上旬的一天。

中午,我信步来到颐和苑二期5号楼小会所——苑刊副主编小盛的办公室。一进门,她就递给我一篇稿子和一叠材料:

"金老师,这是我近日采访入住'记忆家园'第一户柳志康夫妇的稿子,您帮我看看。这材料是关于阿尔茨海默症的,是我刚从网上拉下来的。"

"什么'记忆家园'?"我还第一次听说,着实有点"丈二和尚摸不着头脑"。

小盛见我在用疑惑的眼光看着她,禁不住笑道:"哦,这是苑里刚诞生的一个新事物,由丹麦总经理Lene和副总经理Rikke两位老总一手创办。所谓'记忆家园',就是一个专为患'认知症'长者——就是我们通常说的老年痴呆者而营造的一个家园。颐和苑'记忆家园'已于10月28日正式开业。它位于二期12号楼内,有200张床位,主要为院内外不同程度的认知症患者及家属提供'食、住、行、娱、医'全方位服务。苑里将其命名为'记忆家园',旨在营造一个'家'的氛围。"

听小盛这么一说,我深感愧疚,这么一件大事我怎么一点也不知道?不过,我更为颐和苑而高兴,这又是一大创举。

我早就听说,一般养老院是不会接受阿尔茨海默症患者入住的,而颐和

苑却创建一个"记忆家园",为那些认知障碍症长者开展个性化服务,这种"大爱"精神难道不值得我们大大发扬吗?!

这恐怕在上海还是第一家。我当即翻开小盛刚从网上查找来的资料,边翻边看,真是"不看不知道,一看吓一跳"。

我怎么也没有想到,这令人"无奈"的阿尔茨海默症,已是当今社会老年人常患的一种常见病。据报道,我国认知障碍患病率为5%—7%,总数预计1600万,约占85岁以上老年人口的20%—30%,90岁以上则可达50%—60%。

资料显示,这是一种渐进性的大脑功能衰退性疾病,也称为"老年痴呆",是老年人中最常见的痴呆类型。临床上表现为记忆障碍、失语、失用、失认、视空间能力损害、抽象思维能力和计算力损害、人格和行为改变等。其症状:(1)短期记忆能力减退;(2)重复同一件事;(3)智力水平出现下降;(4)"视空间"功能受损,认不得回家的路;(5)"情感淡漠",性格突然大变;(6)"爱收藏",把破烂当珍宝;(7)疑神疑鬼,有幻觉、错觉。

认知障碍症,目前无法治愈,只能通过综合治疗延缓病情的发展。如果衰老是必然,遗忘是可能,我们又该如何认识认知障碍症?——这正是我们要探索的课题。

初访"记忆家园"

这是一件大事。第二天,我就打电话给老邻居柳志康老师,约好下午3时去"记忆家园"拜访他。

记忆家园是全封闭的,进出要刷门禁卡。

那天,柳老师早早等候在楼下,一边同我打招呼,一边领我到大堂沙发入座。他说,他从养护院搬到这里来,就是为了陪伴他老伴——患阿尔茨海默症的林阿姨。

不一会,"记忆家园"的吴燕经理也来了。她一开口就说:"金老师,这里您还是第一次来吧,我带您先在一楼转转,看看这里和外面有什么不同。"

记忆家园大门

哦,果真不一样。一楼采用半墙设计拓宽视野,主干道由五彩的中式灯笼带领前往"时光花园";一路要经过一处温馨的咖啡吧,在那里您和您的家属可以悠闲地享受一杯咖啡或茶点;您也可以参加锻炼区开展的各类活动,轻量或适量的运动锻炼,保持体能和力量;这里还有使人放松且愉悦的游戏区,选择适合的各类桌游和玩具。此外,还设有阅览区、理发室等,为长者提供服务。

更使您不曾想到的是,在现代简约的会所设计中,这里摆放了不少老旧物。吴经理说,这是让长者们"穿越"到过去,通过一件件老物件,把认知障碍长者的记忆带回到他们的年轻时代。老物件有20世纪七八十年代的家具、12英寸的黑白电视机、老照片,还有各种怀旧品,比如工厂里打饭用的饭盒、印着雷锋头像的杯具和背包、老式皮箱、旧手表、老钟表……吴经理告诉我,这是针对认知障碍症长者的一种专业疗法,通过旧场景唤起长者年轻时的美好记忆,让他们产生归属感,这有利于稳定他们的情绪,减缓认知障碍病情的发展。

我们边走边谈边交流。吴燕经理又告诉我:"记忆家园有四大理念,其中之一,就是'时光花园,活在当下'。随着时光的流逝,不管是长者本身,还是陪伴者,几乎都没有办法预知下一刻会发生什么事情。我们没有办法把他们套进一些固定的模式。可能这一刻对他有用的方式,下一刻就不管用了。那么,往往当下这一刻就是最重要的。所以,在记忆家园中,专门设计了一套独特的'时光花园',它是一个安全的封闭式花园,有一条感知小径引领着长者的各种知觉。在这里,长者们可以感知四季变化带来的不同风景。可以听见小鸟的啾啾鸣唱,可以闻到不同花草的香气,可以赤足走在鹅卵石、木板或者沙石上,可以听见水池喷泉的潺潺流水声。所有这一切,都创造了'感知当下、活在当下'的美好时刻,这也正是我们陪伴患有认知障碍症长者们的重要意义所在。"

"记忆家园还有一个理念——"吴经理接着说,"就是'记忆星河,高光时刻'。有认知障碍症的长者们,大多已经走过了自身生命的长河,在每个人的漫长一生中,都会有些高光时刻。高光时刻,可能是退休的芭蕾舞教师年轻时的一段独舞,可能是老去的手艺匠人手里攥着的一个作品,也可能是某一位长者记忆中童年最快乐无忧的一段时光。它们在繁杂的生活中可能早已被淹没,但是在生命末端的某一个时刻,可能会被重启,那无疑是可遇而不可求的幸福时刻。记忆家园着力于引导、重启这些高光时刻。空间里,随处可见的老物件,随时可以穿越时光;颐和公交站牌的设定,让某一些长者们得以在特定时刻完成他们的心愿。另外,家园还组织比如唱歌、阅读、锻炼、游戏等各类不同形式的活动,让长者参与的同时,也能在某个瞬间,突然重启他们的高光时刻。"

接着,我们乘电梯来到二楼。这里,是认知障碍症长者们的生活和活动区。

来到这里,给我最为深刻的印象就是服务人员对认知障碍症长者的细节照护上,让人感触多多。

柳老师告诉我,入住记忆家园后,他老伴不需要痛苦的治疗以及药物治疗,这里更多的是生活上的照顾和精神上的慰藉。

在记忆家园里有许多活动：手工、写字、绘画、看电影、打台球、唱歌……晚间还有茶点活动，周末有开心派对，这大大地充实了他们的生活，现在留给他们最多的就是时间。当吃过晚饭，大家稍事休息，到了六点半左右，在楼层中间的公共区域，大家围坐在一起，有说有笑，如此快乐的时光，就连梦乡里也是无比快乐的。

柳老师越说越兴奋："这里的环境让人非常舒服，工作人员很优秀，过去我自己照顾的时候，只会制止她去做一些危险的事情，甚至她有时候不听话，我也只能束手无策。到这里不同，她们是用引导、转移注意力的方法。这对长者和我们家属来说，是福音。"

不仅如此。记忆家园还尽可能地提供多种场合，让家属相聚一堂，相互倾诉沟通，并安排认知障碍症家属交流会，帮助家属了解认知症常识，掌握沟通技巧，以提升认知障碍症长者的生活品质。

一支"24+7"专业照护团队

在周保云理事长的办公室里，我看到有一幅长者送给他的"大爱无疆"的锦旗。确实，这四个字是对周理事长创办颐和苑的真实写照。

早在筹建颐和苑二期时，为响应政府的号召，周理事长就全面考虑规划建设一幢200张床位的"记忆家园"楼，并贯彻丹麦执事家园"接受差异、尊重长者、活在当下、高光时刻"的理念，构建一套较完善的认知障碍症长者的康复理疗体系。

颐和苑"记忆家园"，有一支接受过认知障碍症专业培训的护理团队，并按照丹麦执事家园的护理标准开展个性化服务。

"24+7"——记忆家园提供全天候照料服务：全科医生跟踪长者日常健康，责任护士健康档案全记录并及时给予医护支持，管家护理员贴心的个性生活照料，护理人员个性化的护理。"记忆家园"照护团队中，每位长者配有2位专属联络人，从入住起，联络人专门负责熟悉掌握，随时关注长者习惯、性格喜好、身心变化，以便更好地调整照护计划，并同时与长者家属保持密切沟通，确保联系跟踪长者状况。

  志愿者服务是照护团队的重要补充资源。"记忆家园"始终秉承丹麦执事家园这一理念，组织安排好志愿者服务工作，为长者们带来别样新鲜的生活气息。"记忆家园"的志愿者，包括苑内的住养长者、社会志愿者团体及个人等。他们坚持"奉献、友爱、互助、进步"的精神，让彼此更好地融合在温馨的颐和大家庭。

  这样的环境、这样的专业照护团队，给认知障碍症患者带来了福音。入住颐和苑一期的长者吴文绶，在"记忆家园"开业不久就让他弟弟、弟媳（她患有此症）入住了。他弟媳患上此病已有 8 年之久，失忆严重，不会说话，生活不能自理。他弟弟长年累月陪伴照料，十分辛苦。刚入住"记忆家园"时，他弟媳还处在昏睡状态，毫无表情。但没几天，她的精神状态就有了明显变化，不再昏睡不醒，和她说话已有反应，会点头微笑了。一家人见此深感欣慰。

丹麦总经理陪失忆老人在小镇游览

  吴文绶在《我的弟媳入住"记忆家园"之后……》一文中曾对这一变化的原因作了探究。他说："生命在于运动。家园管理层的一个理念就是要调动一切积极因素让患者动起来,不能老处于关闭的环境中。为此,园方每天会安排护理员陪伴老人在室内活动大厅做操、观花、喂鸟、看小电影。在天气晴好时,带他们出去散步,观赏苑内美景,呼吸新鲜空气。晚餐后还有茶话会,让他们交流。有时还会安排他们去苑外近郊小镇游览,接触大自然,以此来增强他们的体能和激发认知能力。"

这一来自"记忆家园"的表扬,让园内照护团队每一个成员非常温暖幸福。灿烂的笑容也挂在了每一位陪伴家属的脸上。

初次失忆,请多关照。有人说,认知症犹如一趟去往月球的旅行,一趟没有回头的旅行,而"记忆家园"的护理团队,要根据各种不同的表现,扮演不同角色,尽可能地陪伴这趟旅行。这是一种什么样的精神?这就是人间的大爱。

第十节 "文化养老":27个兴趣小组功不可没

走进颐和苑,来到会所,各个活动室的老人们不是在学绘画,就是在做手工,或在排练舞蹈,或在练声,各自忙个不停。据了解,到2022年为止,全苑有27个兴趣小组,活动内容可谓是包罗万象。丰富多彩的兴趣小组活动,极大地吸引了入住长者,成为这里老人们幸福快乐的"密码"。

一所独特的老年大学

兴趣小组,一直是颐和苑一张鲜亮的文化名片,也是苑内长者维系情感的纽带。颐和苑开业之初,周保云理事长就一直在践行"文化养老"的理念,专门成立了活动组,统领全苑的大小型活动,并为每个兴趣小组安排分管专员。每周活动都有一张小表格——类似学校的课程表,贴在各楼层的告示栏里。我这里至今还保存着一张2018年4月份的第二周的活动安排表:

周二上午9：00，桥牌组活动；周二上午9：30，英语组活动。

周三上午9：30，书画组花鸟班活动。

周四上午9：30，手工组丝网花班活动。

周五上午9：30，布艺组活动；周五下午2：00，歌咏组练习新歌。

周六上午9：30，多媒体组学习《中老年学微信全程图解手册》第九章(B组)。

我记得当时兴趣小组还只有十三四个，每周的活动就排得如此满满的。如今27个兴趣小组，排出来的活动安排表，我估计一点也不比老年大学的课程表少到哪里去。

你看，如今每天健身舞蹈组的晨练，布艺组、手工组的工艺品制作现场，摄影组的学做美篇讲座，还有歌咏、钢琴组的音乐欣赏点评，读写组的诗词鉴赏，凡此等等，每个小组都是一个班级、一个课堂、一个学科、一个平台，这和老年大学有什么两样？这里各个兴趣小组的组长，据我了解，他们在入住颐和苑前，在单位、在系统里，都是这方面的专家。论职称，他们中不少都是讲师、副教授、教授级的。

我在采访中常接触的几位组长，一个个都令我打心底里佩服。比如书画小组组长朱景龙老师，他在迎接党的十九大的日子里绘的一幅国画《睡狮》，在中国当代书画名家精品展全国大赛中曾荣获金奖，并被授予"共和国书画艺术名家杰出成就奖"荣誉称号。曾先后担任摄影组副组长、顾问的黄映石，还是上海摄影家协会会员，每逢苑内举行重大活动，你总能见他身背相机，专注而敏锐地捕捉着每一个美好的瞬间。还有舞蹈健身小组组长李丽珍、布艺组组长陆费汉倩、钢琴组组长戴幼姑、读书写作组组长毕文杰等，他们一个个都是品德高尚、业务拔尖的出色人才。你试想一下，有这些具有专业特长的人担任组长，能不使你收获满满、作品出众吗？那一张张照片，一幅幅国画，一篇篇诗文，一件件手工艺品……正是你参加兴趣小组活动后优雅快乐的高品质生活的展现，是你在耄耋之年开启的自己的"第二人生"。

绘画组在活动（赵自勉摄）

一天傍晚，我从"一份地"里收工回来，恰巧在路上碰到书画组的陈范珠老师，我们都是第一批入住颐和苑的，早就认识。她对我说："在这里，我每天忙忙碌碌，学到了很多东西，很有成就感，活得很充实很快乐。这里不是老年大学胜似老年大学。"我随即问她："您参加了几个兴趣小组？"她笑着对我说："我大概是参加最多的一员，共参加了9个兴趣小组。我从来没有学过画

摄影组在活动（黄映石摄）

画,是个门外汉,在书画组中跟着朱老师学画山水,画工笔牡丹,画写意牡丹,画花鸟、天鹅、蝴蝶什么的,我的第一张画画得很不像,后来画第三、第四张就有点像了,在朱老师鼓励指导下,我的作品竟然也能去朱泾镇参展了。"

陈范珠老师的这一番充满喜悦、充满自信的话语,代表了众多长者的心声。他们在这所独特老年大学里展现出过去从未有过的才华,体现了入住这里的老人丰富多彩的高品质文化生活。

精彩纷呈的文化活动

最近几年,尽管病毒猖獗,但丝毫未能减少活动组成员与老人之间的情谊。整个活动组成员,他们一个个都是积极投身苑内举办的各项活动。

2020年的五周年苑庆,在一期大草坪上举办了大型演出,既有外请的小乐队演奏,更有苑内各种兴趣小组的节目表演,可谓精彩纷呈。从节目的组织到场地的安排,都可以看到活动组成员的身影。

2021年六周年苑庆,更是破天荒地举办了室外烧烤,利用苑里地大空旷的条件,点起篝火,架起烤炉,让长者们随意选用自己喜欢的食材,或自己动手参与烤制,或自由选择合口味的成品现烤现吃,过了一把野餐的瘾。这个活动中,颐和苑行政部联合颐和苑党支部及工会一起相互配合组织,餐饮部负责活动现场,活动组年轻人充当临时服务员,让老人们切身感受到了颐和苑大家庭的浓郁情谊!

2022年七周年苑庆时,全苑长者、员工近千人参与活动。活动组在前期工作细化后,当天还在二期大草坪上设置了"音乐角",为活动增添了艺术活力!而活动组内所有姑娘小伙,则精神抖擞地活跃在每个角落,更为苑庆平添了几分生气!

除了这样重大的活动,颐和苑长流不息的各类节日活动也层出不穷,为长者们的"文化养老"生活更增光添彩。

这里,有难忘的春节初一的团拜、元宵节全苑同做元宵,有春季的植树节,有五一节活动、七一党的生日活动、八一建军节老军人共叙军旅生活活动,有九月教师节向曾奋斗在讲台的园丁致敬活动,还有"十一"为共和国祝寿、中秋赏月等。

除了这些几乎雷打不动的例行活动,活动组还开动脑筋,或应长者要求另行组织各类苑外活动,如古镇游览、公园赏花,还与金山区或朱泾镇共同举办展览,参与区镇侨联的各种活动,等等。

如此众多苑内苑外的大小型活动,不仅丰富了老人们生活,更增添了老人们"文化养老"的色彩。

在一组组"大数据"的背后……

"时光匆匆,我们在忙碌中奔走,不经意间又到了岁末年终。"——这句话来自活动组奚海珍副经理给我的"2022年活动组年度总结报告",她一开头就用这样诗意的语言描绘了他们这一年的辛劳。

接着,我看到的是一组组"年度大数据汇总":

——2022年3月至6月,因疫情"20人以上聚集活动暂停"。但尽管如此,截至11月30日,大型活动共开展100次,服务长者7869人次。

——兴趣小组现有27个,共开展活动1997场,服务长者32622人次。

——"爱心时间银行"共有项目计划4个,开展常态志愿者服务83场,180人次志愿者参与其中,958人次长者从中受益,共储蓄时间246.5小时。

…………

活动组现有14人,包括上半年与下半年各1人请产假。他们究竟是如何出色地为全苑长者"文化养老"而完成所有工作的?

在采访中,奚海珍副经理说:"员工是企业的基石。活动组要提高服务质量,加强对员工的人文关怀十分重要,这不仅要了解员工需求及困难,并通过一系列员工关怀行动,以温情感染员工,同时还要挖掘员工兴趣点,更合理地设置员工工作重点,努力做到人尽其才,才尽其用。要有效培养员工对机构的认同感、归属感,这样才能建立一支积极、向上、乐观、敬业的员工团队。"

正是在这样理念的指导下,活动组这几年来,每一个年轻人都在各自的岗位上成长、发展,一人多岗,一技多能,个个为入住长者"文化养老"作出了应有的贡献。

践行"文化养老",兴趣小组功不可没。有人曾用这样六句话来概括它、形容它,那就是"苑内员工喜欢它,周理事长高度重视它,外面客人向往它,上级部门关心它,亲朋好友羡慕它,入住长者离不开它"。这六句话真形容到"点"子上去了,恰如其分。

坐落在颐和苑一期的丹麦美人鱼雕像

颐和苑有约250亩配套生态四季果园（陈永乾摄）

美丽的颐和雪景（张泽兴摄）

颐和苑的天鹅湖（陈亦冰摄）

湖中天鹅（王桂根摄）

丹麦总经理 Lene 迎接第一批入住"记忆家园"长者（王洺摄）

乘凉、钓鱼的好去处（黄映石摄）

爱意换来盈盈笑意（顾梦玲摄）

美丽的颐和苑二期会所（郭历帆摄）

漫步在颐和苑二期会所前（赵自勉摄）

天鹅湖畔休闲处（吴文绥摄）

九六老人同周理事长栽下常青树（陈永乾摄）

高龄老人参加草地聚会（赵自勉摄）

其乐融融的中秋之夜（李嘉摄）

绘画、书法各具风采（田如漪摄）

钓上一条十来斤重的大鱼（田如漪摄）

摄影组成员各显神通（孙育玮摄）

工艺组在制作（蒋跃群摄）

弦乐组在活动（陈永乾摄）

现场书法绘画表演

周理事长夫妇发红包

跳起那欢乐的舞蹈,庆祝建党一百周年

第三章　幸福养老进行时

面对老龄化社会的加速来临,我的养老生活也在随着年龄和家庭的情况在变化着,先是"退"而不"休",发挥"余热";然后,居家养老,著书立说。接着,入住以"田园"为生活环境的上海颐和苑,过着"奢与适"的生活。但随着孙子就学的变化,我的养老生活又开始了新一章:既有居家养老又有机构养老,两者有机交融,为我的养老生活增添了不少亮丽的色彩。

第一节　养老生活"三部曲"

我自2002年10月24日退休至今,已度过了快二十个春秋。

我把这段夕阳生活分为"三部曲":2002年10月至2010年10月,创办《语言文字周报·双语周刊》,开始人生第二次创业;2010年10月至2016年5月,笔走长三角,挥毫写春秋;2016年6月开始,入住颐和苑,行走"家""苑"间。这二十年中,我一直在"忙"中度过,在"忙"中拨响了生命的琴弦,获得了晚年满满的幸福感。

创办"双语报",人生的第二次创业

2002年10月24日,这是我人生的转折点,也是一个值得纪念的日子。

这一天,我义无反顾地跨出了人生的新一步。尽管在这之前,单位"一把手"曾挽留过我。他说,按你的资历和职称,经报市教委同意,你可延聘5年,待遇不变。但我想,六十还年少,不能坐享其成。于是,我选择了一条颇具风险的路,开始人生的第二次创业。

我不容自己有片刻停歇。上午,我告别了从事近30年的老单位——上海教育报刊总社,下午,我就应上海教育出版社社长包南麟和总编辑袁正守之邀,来到了他们特为我安排的新的办公地点,靠近静安寺,坐落在新闸路上的《语言文字周报·双语周刊》编辑部,担任该报的执行主编。这是一份面向学生的报纸,自负盈亏,风险很大。

创业是艰难的,一切从零开始。

为了打开局面,我首先以个人的名义向上海各小学的校长写了一封非同寻常的信:

尊敬的校长:

您好!我已离开了上海教育报刊总社,开始了人生的第二次创业,但我所从事的仍是我干了近30的教育报刊事业。

现在,我一是担任现代教育报社上海记者站站长;二是与上海教育出版社共同创办一份《语言文字周报·双语周刊》,担任执行主编。这两个工作"平台",对我来说,既是机遇,更是挑战。面对着报刊竞争如此激烈的今天,我想要事业有成,除靠自身的奋发努力,更重要的是要取得各级领导和同志、朋友们的关心和支持。所以,在我第二次创业的关键时刻,我期待着再一次得到您的帮助和支持。

《现代教育报》是一份来自首都、面向全国的报纸,是中国教育主流媒体,为更好地报道上海教育改革的新理念、新经验,特在上海建立记者站。我作为站长,热情地欢迎您提供贵校教改的新信息。

《语言文字周报·双语周刊》是一份面向小学中、高年级和初中预备班的报纸,旨在拓展母语、外语的学习空间。希望您能向贵校的少年朋友们推荐、订阅。我人少力薄,您的帮助和支持,必将为我所钟爱的教育报刊事业增添一份光彩。

此致
敬礼!

金正扬敬上

这封短信,是在《语言文字周报·双语周刊》创办一个月后发出的。信的背后,正如冰心在《繁星》中所言:"成功的花,人们只惊慕她现时的明艳!然而当初她的芽儿,浸透了奋斗的泪泉,洒遍了牺牲的血雨。"当时,我担任执行主编的这份报纸,尽管有上海教育出版社的支撑,但报纸要打开市场,十分艰难,这是谁也帮不了的,只能靠自己一点一点去开发,去打开局面。这里,虽没有"洒遍了牺牲的血雨",但我当时也尝到了不少人世间的"酸甜苦辣"和世态炎凉。

质量,是报刊的生命,它决定着报刊的品位和使用价值,影响着报刊的声誉和效益,更关系到报刊兴衰存亡。所以,我从"双语报"创办的那天起,就把质量放在第一位来抓。

早在"双语报"尚未诞生之前,我就和有关采编人员迈开双脚,到学校中去听取意见。同时,邀请有关少儿专家和校长到报社来,请他们出谋献策。在调查研究和充分听取意见的基础上,我为这份尚未出世的"双语报"确立了这样一个理念:母语是开启智慧的钥匙,外语是沟通世界的桥梁。一报在手,终身受益。

为了把这一理念贯穿在办报的全过程,我特地为此制定了三条实施原则:一是专业性;二是互动性;三是活动性。

所谓"专业性",指的是办报的本身,要由专家办报。为把"专家办报"落在实处,我在语文、外语两个学科领域里聘请了8位专家,与报社的采编人员一起组成了一个编委会。同时,我又聘请了于漪、袁瑢这两位上海名师担任顾问。而且,这个编委会的所有专家,都是来自教学第一线,有的曾是全国或市一级的优秀教研员,有的是上海"小语界"的权威,他们都在实打实地帮助"双语报"组稿、编稿。

少儿类报刊版面设计讲究文短图多,难度很大。怎样才能破解这一难关呢?为打出"双语报"的品牌,我特地聘请了著名儿童画家陆汝浩先生领衔,组成了一个美编组。这样,从图、文两个方面都有专家来把关,就从根本上保证了"双语报"的质量。

创办的《语言文字周报·双语周刊》

实施原则的第二条"互动性",就是要让小读者积极参与到报纸中来。

在办"双语报"的过程中,我十分强调采编人员要"目中有人",时时处处为小读者着想,多为他们留下参与的"空间"。比如,在开设的《语言乐园》栏目里,让学生在轻松愉快中学到有趣的语言知识,让学生边读边动脑"猜一猜"、动手"填一填",总之,要使小读者心中有这份报纸。

当时,在"双语报"编辑部的墙上,贴有这样两条温馨的告示,时时在提醒采编人员:

——"为了孩子的未来编好每期报纸。"

——"编辑工作来不得半点马虎。"

"活动性"就是结合办报,开展相关的适合少年儿童身心发展特点的活动。

"双语报"自创刊以来,活动一直不断。"采编"和"活动"的有机联动,使报纸深深扎根于孩子们的心中。特别是在"迎世博"中举行的——"我与世博会"当代少年征文演讲比赛活动,赢得了一致好评,并获得了由上海世博会事务协调局等单位颁发的迎世博"宣传教育贡献奖"。

这项活动中,最引人注目的一幕是"世博心语日记本"传递活动。

2007年10月22日,这项活动首先在"上外附小"举行隆重的启动仪式。

"I love 世博,上海,加油!"在迎世博的日子里,"上外附小"的孩子们把自己的心声化作了1000多条中英文世博心语,相互传诵交流。在启动仪式上,校长王石兰在国旗下作了"世博演讲",10位小朋友朗诵了10条精选出来的中英文"世博心语',抒发了孩子们对世博的情怀。

这一天,上海世博局新闻宣传部部长徐威来了,上海市语委副主任黄也放来了,著名特级教师于漪也来了……他们有的上台发表热情洋溢的讲话,有的为"世博心语日记本"题词。

启动仪式后,"世博心语日记本"传递活动,先后分16路,在本市200多所学校近40万名中小学中传递。成千上万的小朋友把自己的心声,用文字和绘画,记录在这本鲜红的"世博心语日记本"上。"世博心语日记本"每传到一所学校,就如一股春风,催开了孩子们胸中朵朵鲜花。

不久,市有关委办获悉这一创举后,联合发文在全市150万名中小学生中展开。市语委、市教委副主任张民选在全市启动仪式上满怀激情地说:"世博心语日记本传递,不仅抒发了广大师生对世博会的情怀,而且也从一个侧面反映了我们当代中小学生的精神风貌。"

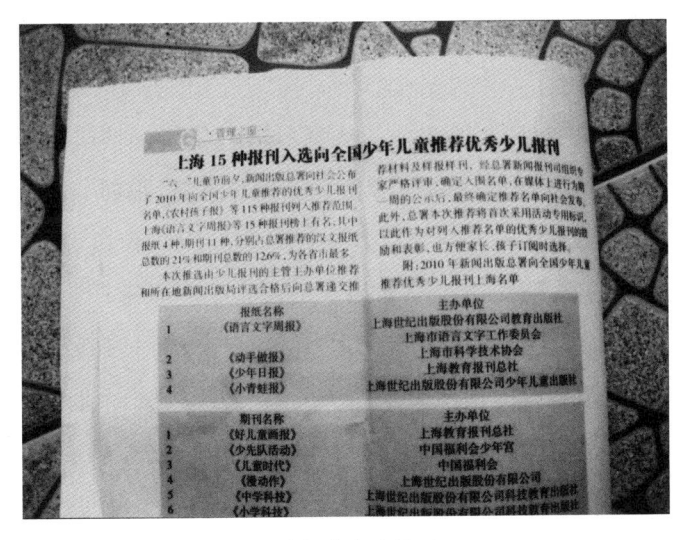

入选优秀少儿报刊

"世博心语日记本"传递活动,这是我人生中由我策划的举办时间最长、活动内容最丰富、影响最大的一次活动。而在"我与世博会"的征文演讲比赛中,全市也有5万多名学生参加。

更令人振奋的是,2010年5月,这份新创办的《语言文字周报·双语周刊》历经8年精心打造,经国家新闻出版总署组织专家评审,荣获了"优秀少儿报刊",排行上海第一,并向全国少年儿童推荐。它为我的报业人生画上了一个圆满的句号。

这8年,是我退休生活的"第一部曲"。这8年,我一直是在"忙"中度过的。但它也为我这8年"退"而不"休"的岁月,注入了满满的幸福感。

笔走长三角,挥毫写春秋

中国有句俗语,叫"见好就收"。2010年10月,我虽七十不到,但我想,该停下来歇歇,做个更自由的人了。于是,在我与上海教育出版社订的合同期满之时,我笑别了从事近40年的报刊事业,开始享受人生。

不过,我是一个难以闲得住的人。刚辞去《语言文字周报·双语周刊》执行主编没几天,《长三角教育》杂志总编朱平先生又特地从苏州来上海找我。我认识《长三角教育》总编辑朱平先生已有二十多年了。他也我和一样,当过教师。

早在十年前,他就毅然地离开了从事多年的"教科研"岗位,办起了《长三角教育》,特聘我为《长三角教育》副总编辑。不过,那时,我刚创办《语言文字周报·双语周刊》,没有精力帮他做实质性的工作,仅负责上海地区的组稿、撰稿工作。如今,他知道我已从报业的岗位上退下来了,时间比较宽松了,他便又登门拜访,让我笔走"长三角",到江苏、浙江一带考察、采访。

采访,是记者的天职。朱平的到来,又把我引进了一个新的天地。长三角区域的教育,我原来并不熟悉,但朱平在江浙一带已跑了七八年,对地市、区县都很熟,各地教育情况了如指掌。我想,这是一个难得的好机会,特别以记者的身份去考察、采访,不仅可使我了解江浙一带的风土人情,而且会使我的教育视野更开阔。于是,我爽快地答应了。

我的性格,决定了我的人生永没有停息的时候。无论做什么,工作一旦上手,我就会开足马力,一件一件地把它落在实处。在这以后的五六年里,我在朱平总编的引领下,先后考察和采访了浙江的义乌、仙居、余姚、台州、金华、温岭、温州;江苏的江阴、镇江、扬州、盐城、阜宁、苏州等地,有些地方去了好几次,每一次都有新的收获、新的感受。

这五六年"笔走长三角",是我第二次"退休"后的一项很有意义的工作。对江浙一带的考察、采访,使我对农村、对边远山区和一些海边城市的教育有了更直接的了解,并进一步丰富了我的教育人生。每到一地,那里的局长和校长们总要带我走走看看,那里的一草一木,那里的风土人情,都为我的生命年轮注入了新的活力。我的采访对象,既有当地的教育行政官员,又有事业上颇有建树的特级教师、教育名家和中小学校长。他们的事迹,他们对教育的忠诚,都无不令我心灵震撼。我觉得,作为一位教育新闻记者,有责任为这些一生为教育奉献的园丁们大声地"鼓与呼","鼓"出新理念,"呼"出新思想、新成果。

这五六年的"退"而不"休"的岁月,我除了"笔走长三角",还在上海师范大学吴立岗教授的引荐下,应上海市七宝外国语小学之邀,全方位地总结提炼了该校的独特的教改经验,并先后为之编著了《为孩子创立一个美好的成长世界——上海市七宝外国语小学优质教育是怎样炼成的》《养成之歌——上海市七宝外国语小学养成教育纪实》,还以教育叙事的形式为该校的吴瑞莲校长编著了一本《学校为一大事而建——我与"七外"这十年》。可以说,这是三部充满智慧和激情的书,也是我用生命和汗水铸就的教育诗篇。

这五六年"退"而不"休"的岁月,我一直在把时间当成金子。就在我笔走"长三角"和蹲点"七外"的同时,我还在积累资料,着手"挥毫写春秋"。

我国古代以编撰《资治通鉴》而闻名的司马光曾说过这样一句话:"生无益于时,死无闻于后,是自弃也。"这句话给我的印象特别深刻,也是对我的一种警诫和劝勉。是啊,我暗暗地想:一个人活着,就要对社会有用,有益于社会,有益于人民;一个人即便死去,也要将生前有用的东西,包括人生的启迪,以及自己所经历的有价值的人与事,设法留给后人。否则,就如司马光所说——"是自弃也"。

我,虽是一个很普通的人,一个曾做过4年教师的教育记者,但一生中也用我手中的笔,为基础教育、为基础教育的人和事,写就了不少文章,做了不少"嫁衣裳"。作为记者,在社会变革的洪流和教育改革的大潮中,我既亲历了不少重大事件,也遭遇过许多人生的坎坎坷坷。回顾40年记者生涯,我采访过的学校,我采写过的名校长、名教师,包括那些在"教书育人"中作出贡献的普通园丁,还有那些令我崇敬的教育界、文学界的一位位"巨匠",可以说,不计其数。他们中的大部分,我都用心血写就了一篇篇文章,虽都刊登了出来,但皆散见在各大报纸杂志上。即便这样,其中尚有不少"背后"的故事,当时因种种原因,意犹未尽。现在,我觉得有必要再把它写出来,让其"闻于后"。因此,我在第二次"退休"后,又忙里偷闲,挥毫编著了两本书:一本是2013年1月出版的《岁月留痕》,40万字;另一本《教坛风云》,60万字,于2015年6月出版。这两本书,再版过多次,我称之为"姐妹篇"。她们两者相辅相成,共同谱写了上海教坛一曲又一曲非同寻常的乐章,同时也留下了我人生那一串串前行的脚印。

笔走长三角,挥毫写春秋——这是我退休生活的"第二部曲"。这第二次"退休"后,我干成的这两件大事,虽用去了五六年时光,但我深感值了,我为之感到自豪,因为它我的退休生活谱写了又一新的乐章!

入住颐和苑,行走"家""苑"间

一个偶然的机会,我认识了颐和苑。从这里,我开始了退休生活的"第三部曲"。

2016年6月6日,这是我人生中一个重要的时间节点,也是值得纪念和庆幸的一个不寻常的日子。就在这个"六六大顺"的吉祥日子,我和夫人徐老师正式入住上海颐和苑,这是经过我俩郑重考虑的人生驿站,颐养天年的好地方。

这里,地处金山,虽远离繁华的大都市,但它的硬件条件有高度(高端),在服务管理上有温度(温暖),而入住这里的老人,差不多都是知识分子,更显得有雅度(优雅)。这三点,是我和夫人徐老师看中在这里养老的一个重要的原因。

入住颐和苑后,各式各样的兴趣小组深深地吸引了我俩。一开始,我在众多的兴趣小组中,最先参加的是摄影组。我的太太徐老师爱好唱歌,参加了歌咏组。据了解,在已入住的一期500余位长者中,已有300余人参加了各种类型的兴趣小组。其中,最多的一个人就参加了9个小组。20多个兴趣小组大多是每周开展一次活动,而健身舞蹈组和太极拳组则每天活动一次。

在颐和苑与周理事长一起吃年夜饭时合影

不过,我后来参加活动最多的还是读书写作组。读书写作组自2017年9月成立至今,开展了各类读书写作活动。几年来,我们常在组内就健康养生、读书旅游、诗词品赏等各种有趣的话题开展讨论。2017年12月28日,我曾在读书写作组迎新茶话会上以"书,我的人生伴侣"为题作了一个专题发言。我说:"我的一生都是在与书打交道的。书,可以说,是我的人生伴侣。我的成长,我的发展,无时无刻都离不开书。从年幼时的'听书'到青少年时代'买书''读书''抄书',再到工作以后'写书''磨书''编书',总之,书贯穿了我的一生,是我生命的重要组成部分。我一生的工作都是紧紧地和书联系在一起,融合在一起的。"

然而,养老生活也不是一成不变的,它是一个动态的过程。

2018年下半年,随着我小孙子的转学,由闵行到长宁,原本的住处突然"空"了出来,但又限于种种原因,房子也不便出租。而我在颐和苑又扎下了"根"——刚创办两年的苑刊《上海颐和苑》一时又很难有人接手。于是,我和夫人经过反复思量,并与苑方协调,决定在我们身体还能自理的情况下,仍以居家养老为主。我因要继续办好苑刊,可采用两头兼顾的方法,行走在"家""苑"之间。

这一方案实施四年多来,可谓两全其美。我的养老生活出现了一个新的篇章——居家养老与机构养老,有机交融,我的养老生活又提升到一个新的水平。

在这四五年中,颐和苑的苑刊非但没有停下,而且内容越来越丰富,版式越来越漂亮,深受长者和员工的欢迎。即便在新冠疫情最严峻的时候,苑刊"抗疫"专辑,仍在"封闭式"管理中新鲜"出炉"。

记得2020年1月底,突如其来的疫情使得颐和苑不得不实行"封闭式"管理——里面的人,严防外出;外面的人,谢绝入内,颐和苑犹如一座"孤岛"。但这并没有难倒我们。我一边"宅"家筹划、协调、组稿,一边与苑内副主编小盛通过微信进行交流,一切工作都在紧锣密鼓地进行。当中尽管遇到这样那样的困难,但"抗疫"专辑仍按约定的时间付印。当苑里的老人和员工拿到这期"抗疫"专辑后,一个个喜形于色。专辑中的每一篇文章,似号角,在鼓舞、激励着大家去打赢这场抗击疫情的战斗。

在这四五年中,我还以一个退休老党员的厚重责任感,恰逢其时地为颐和苑三周年主编了一本近25万字的关于上海颐和苑"幸福养老"的探索与实践的书——《这里夕阳别样红》;2020年上半年,我又为颐和苑五周年主编了一本近45万字的图文并茂的精品书——《生命之歌》,赢得了苑内外读者一片赞扬声。不少长者激动地说,这是一本有着丰富的内涵和深远价值的书。它写的是我们颐和人自己的故事,抒发的是我们自己的真情实感,道出的也是我们自己的心声,它传诵的是激荡人心的篇章,它向我们展示的是一份责任、一股力量,更是一种使命。

在这四五年中,我虽早已离开了心爱的教育报刊事业,但还始终魂系教育,不断为基础教育"鼓与呼"。由于我一生从事的都是教育新闻出版工作,早已名声在外。如今,虽退休好多年了,但常有不少学校打来电话,请我到他们学校走走,求助的事情各式各样。有的是经老朋友推荐来的,更盛情难却。所以,这些年来,我心里还想着学校,常常行走"三点一线"之间:家—校—苑。我想,这大概是我的职业使然。

前行的路,没有终点。我虽退休快20年了,但这"退"而不"休"的生活,仍将会伴随着我前行的脚步。我要在"忙"中进一步拨响生命的琴弦。

第二节　书写走过的人生

每个人都有着不同于别人的人生经历。人生经历,是一种财富。这种财富,是一个人在不断曲折前行中一点一点积淀起来的。它也是一种文化,一种精神,值得传承和发展。自古以来,它就被人们所重视,加以传承和发展。我们常见的"传记""家谱",就是留之于后人的见证。

我这一生的成长和发展,虽平凡不过,但也一直在呼唤着我要写一写过往的人生,这除了要感恩生我养我的父母,感恩中小学和大学老师的培养,以及一直和我同甘共苦的夫人外,还特别要牢记入党50年来组织上的关心和栽培。同时,还有一个声音时时在我耳边响起:记下你的人生足迹,让后来者沿着你留下的串串前行的脚印,有所借鉴和传承。

于是，从2010年10月开始，在我创办《语言文字周报·双语周刊》画上一个圆满的句号后，我便静下心来，前后用了5年时间，先后撰写了两本带有"传记"色彩的书：一本叫《岁月留痕》，一本叫《教坛风云》。

两本带有"传记"色彩的书

全国著名语文特级教师于漪老师在为《岁月留痕》一书所写的序中，曾满怀深情地写道：

在人生旅途上，能够最终领略美妙风景的必然是那些强烈渴望登临并为之不懈跋涉的追寻者。是心灵的渴望，开阔了求索的视野；是心灵的飞翔，催进了奋进的脚步；是心灵的富有，孕育了人生的奇迹。一个人要创造人生的辉煌，首先要让心灵辉煌起来。金正扬同志深知其中奥秘，一辈子为此追求。

于老师这段富有哲理的话，让我思绪飞扬。那话中寓含的深意，一直在激励着我。作为一个教育新闻工作者，一定要像于老师说的那样，首先让心灵辉煌起来，不辜负于老师的厚望。

《岁月留痕》:四十载报刊生涯浓缩笔下

打开历史的篇章,拂去岁月的风尘,翻开2013年出版的《岁月留痕》,呈现在人们面前的第一编是"难忘岁月:梦的追求"。当年,我在书的扉页留下了这样一行字句:"四十年记者生涯,用心,写心,心想事成;七十载人生之旅,寻梦,追梦,梦想成真。"

这是我人生轨迹的真实写照。

"难忘岁月"之所以"难忘",因为这是一个特殊的年代。我降生的时候,那是一个腥风血雨的岁月,当时中国正处于抗日战争最艰苦、最残酷的相持阶段,敌我双方的斗争异常复杂惨烈。

为了熟悉这段成长中经历过的历史,我在写这本"传记"之前,曾经于2011年3月5日,在《长三角教育》杂志总编朱平先生的陪同下,特地从上海乘长途汽车去苏北盐城,参观我向往已久的"新四军纪念馆"。

盐城地区,曾经是苏北的抗战中心。早在我出生前的1940年10月,人们敬仰的老一辈杰出的无产阶级革命家、军事家陈毅同志,就遵照党中央、毛主席关于"向东作战、向北发展"的指示,率领新四军北上,与南下的八路军在苏北盐城会师,开辟了苏北抗日根据地。"皖南事变"后,陈毅受中共中央之命,在盐城重建新四军军部,任代军长,指挥大江南北的新四军与日伪进行了艰苦卓绝的斗争。

"新四军纪念馆"里大量图片、文献、实物和其他相关资料,生动地向我再现了当年苏北各地的抗日风潮,再现了各地抗日志士风起云涌的游击活动,再现了当年新四军在陈毅代军长的指挥下与日伪所展开的一场场残酷而又壮烈的战斗场面。

苏北抗日根据地,当时面临的斗争是相当艰苦的。我的出生地——獐沟乡,地处敌伪据点阜宁县城东面,相距不到10公里。新四军与日伪军在这里一直处于"拉锯战"状态。敌之"清乡""扫荡",是常有的事。我的童年时代,就是在这样残酷的"扫荡"和反"扫荡"的斗争中度过的。

我儿时的家境,已记不清楚了。长大后,听妈妈说,我出生后不久,父亲就把我过继给二妈了。因为我的二伯父二十来岁就溺水身亡,二妈就此孤身一人。我父亲不忍心,念在他去世二哥的情分上,就把我过继给她。但为了生活,爸爸、妈妈却先后离乡背井,丢下我,到上海投奔哥哥嫂嫂。从此,我就和二妈相依为命。

在那艰苦的岁月里,我的童年是不堪回首的。生活,靠着父亲留下来的几亩薄田,由舅舅家的人代为耕种,收割时给我们留下"几粒粟",聊以糊口。生活尽管艰苦,但我二妈仍想尽办法,让我在乡间读完了初小、完小。1956年6月,父亲的一封来信改变了我的人生,要我来到上海求学。我先后在长阳中学和市东中学读完初中和高中。当时因家境困难,我在读高中时还获得了每月7元的人民助学金。

我的一生完全是在党培养下成长起来的。读完高中,虽没有考进我心仪的复旦大学新闻专业,但并没有偏离我的爱好,考进了培育"人类灵魂工程师"的摇篮——上海师范学院,读的是中文专业。

在《岁月留痕》的第一编中,我用了"童年的苦难和欢乐""第一次登台演讲""少年时代的梦""在人生的转折点上"和"从校报记者到连队文书"5个章节,采用叙事的手法,较详细地记录了我三十年成长和发展的人生追求。

然而,一个人的成长和发展离不开环境和教育。我在苏北农村度过的这艰难而温馨人生的第一课,为我后来的成长和发展奠定了基础。这正如江西教育期刊社原社长王自立在读了我的《岁月留痕》一书后所写的《坚守职业精神的生动画卷》一文中所说的那样:"金正扬的童年饱尝生活的艰难,但他的养母(二伯母)待他如亲生儿子,给予了他和生身母亲一样的呵护、珍爱。对于金正扬来说,这种弥足珍贵的人生第一课,十分自然地让善良的种子在他幼小心灵里生根发芽,从小就深知要宽厚待人、知恩图报;后来金正扬来到上海读中学,父母亲为生活顽强拼搏的坚韧品格又成为他人生价值取向的导航灯塔,造就了他不甘守成、勇于开拓的鲜明个性。所以,书中的金正扬总是信心十足,豪迈潇洒地向我们走来。"

《岁月留痕》第二编——"职业生涯:从教师到记者",则是我四十年从事报刊事业的生动记录。

这四十年,是我人生的黄金时代。从"走上三尺讲台"到"在大师的旗下读书、调研、学习";再到跨进教育新闻门槛,"又当记者又做编辑",并走上"报刊社的领导岗位";退休后,则又马不停蹄地"创办《语言文字周报·双语周刊》",并与一"报"(《现代教育报》)一"刊"(《长三角教育》)同行。这四十年,我每一步都走得很扎实,干得红红火火,而且事业有成,问心无愧。

这本沉甸甸的近50万字的"传记",处处都是以实录为依据的。时间、地点、事件的来龙去脉,紧扣上海教育、教学改革的脉搏,因而颇有时代感。王自立读后有这样一段评论:金正扬"为人师时既好学又创新,获得师生好评,当记者时专注写稿,佳作迭出;在教育报刊社的领导岗位上常有新招出手,令全国教育报刊同行瞩目。特别让人叹服和钦佩的是,他在退休之后本可延聘几年,收益颇丰,但他与众不同,一天不留,白手起家,创办《语言文字周报·双语周刊》,经过8年艰苦创业,终于把这张报纸办成了在全国有影响的优秀少儿报纸,再一次让市场证实了金正扬崇尚的职业精神的巨大动力以及应对各种挑战的职业技能"。

同样,身处教育第一线的原上海市七宝外国语小学校长王慧老师,也在《〈岁月留痕〉启思录》一文中这样写道:这是"金正扬老师从事报刊事业近四十年的人生记录,也是其在长期办刊过程中积淀的人生感悟。它汇聚了金老师数十年教育新闻采访与写作的心血与智慧,是职业生涯的美好展示,更是后来者的无声启迪"。

我的学生许守青和邹人娴等,他们在读到书中"职业生涯"一章时,也无比激动地说:"自己仿佛又回到了青春激荡的岁月,那窗明几净的向明教室里,再一次聆听和重温老师的谆谆教诲。""走上三尺讲台,无疑是金正扬老师诸多人生和职业生涯的重要节点之一。四年在向明中学一线执教的经历,使他从此与教育工作和教育事业结下了不懈之缘,也为他日后在教育新闻事业取得成功,提供了不小的帮助。"

这是几位身处不同地位和角色的读者,从不同的视角对这本书作出的较为客观的点评和发自内心的感受。说实话,在书还未与读者见面之前,我还有点诚惶诚恐。出版后,看了各方的评说,特别是读了上海市七宝外语小学80多位教职工利用寒假而写的言真意切的读后感,心中充满了美美的幸福感。

　　历史是一部厚重的教科书。要再现历史的真实,展示当年多姿多彩的画面,作为"传记"的主人,必须重新走进历史,了解历史,熟悉历史。回顾那过去岁月留下的串串的脚印,我仿佛又回到了童年和青少年时代,回到了那初出茅庐的岁月。

　　当初,为了写好、编好这部带有"传记"色彩的画卷,我从箱底下翻出了一本本初中、高中和大学时代写的日记;又找出了过去一本又一本的采访手册,寻觅人生的足迹;还一次次走进上海教育报刊总社图书馆,打开一本本尘封的《上海教育》期刊,翻阅一篇篇与"传记"有关的文章。为核实史料,我又仔细阅读了著名教育家吕型伟先生主编的关于上海基础教育的专著和有关学者的论著。

　　在此书的编排上,为能给读者打开一个新的"窗口",我汲取了多年的办刊经验,别出心裁地设计了一个个引人注目的"亮点":书中既有"历史的瞬间:与巨人的对话",又有"采访漫话:走访名师的心灵印记",还有记者笔下的教坛名师,记者笔下的校园领导人物,记者笔下的教坛风云……总之,打开这部"传记",就好比打开厚厚的历史档案。

　　往事并不如烟。你看,如今留下的痕迹,仍是那么清晰而富有启迪。

《教坛风云》:三十年教坛风云凝聚纸上

　　《岁月留痕》的出版,在上海普教界引起了不小的反响。上海师范大学教科所原所长、研究员吴立岗先生说:"金正扬同志这部传记式的《岁月留痕》,既是他40年来运笔的结晶,更是他对上海30多年来基础教育改革发展历程的历史见证。"更有不少校长和教师说,《岁月留痕》中既有作者成长的足迹,又有读者要取的"真经",对广大教师来讲,更是一个"名师大课堂"。

因此,该书出版后不久,出版社就根据市场的需要,加印了两次。

这完全出乎我的意料。

尽管如此,但我还是有一种莫名的遗憾。因为当时限于书的容量,有许多内容无法收入。怎么办？在出版社总编的鼓励下,从2013年6月底开始,我又着手构思、动笔撰写《岁月留痕》的姐妹篇《教坛风云》。随后又经过近两年的辛勤笔耕,终于在2015年4月初完稿。

作为《岁月留痕》的姐妹篇,《教坛风云》从结构到内容,虽有相似之处,但更有它独到的一面。

首先,从我个人"传记"的角度,它比《岁月留痕》更深化了。对于一个从事教育新闻的工作者来说,我虽是教师出身,在教育岗位上历经了四年,比较熟悉教育、教学业务,但欠缺的是,我大学读的是中文,没有经过新闻专业的专门训练和深造。因此,办刊办报只能靠自己在实践中学习和磨炼。所以在《教坛风云》的第一编——"采编岁月:讲不完的故事"中,我便详尽地写了自己如何从"门外汉"到跨进新闻专业的门槛的,下面是其中一些篇章的标题:

——机遇:从教师到记者的人生转折

——追寻已故"大家",学做记者、编辑

——我采编人生中掘得的"第一桶金"

——在锤炼语言文字的征途上……

——笔力,在"咬"文"嚼"字中提升

——在采编中写就的第一本教育专著

——前行的脚印,难忘的情谊

——十年"磨"一"刊"

——我担任《上海教育》主编的不寻常岁月

——准时的生物钟:凌晨三点

…………

其次,从第一本"传记"的内容来看,我深感过去几十年,我"与巨人对话",还"有言未尽"。不是吗？过去几十年,在这个社会的大变革中,上海基础教育正处于转折点上,我作为一个从事四十年教育新闻工作的记者,曾见证变革,并亲见亲历了不少有价值的人和事。特别是那些教育大家、名师对教育的真知灼见,那些背后鲜为人知的故事,我觉得应在有生之年,把它写出来与大家一起分享,让人从中得到启迪和借鉴,这也是一种社会责任。

于是,便有了该书的第二编——"教育名家:照片中的记忆",下面是其中一些篇章的标题:

——"三角赵"和南洋模范中学——一代名师赵宪初印象记

——一份专为"访谈"而准备的提纲——采访著名数学家苏步青教授

——一幅珍贵的题词——在著名历史学家周谷城教授家做客

——一代名师的情怀——走访著名教育家吕型伟先生的母校浙江新昌中学

——"我是一个兵,我的岗位是教育战线"——在著名教育家陈鹤琴先生的书房里

....

我亲身经历的历史事件也不少,很值回味深思。于是,又有了该书的第三编——"教坛风云:笔端上的精华"。其中有"历史追忆:申城教改纪事",有"教改范例:记者笔下的时代弄潮儿"。

作为记者,采编路上也留下了不少闪光点,于是,更有了该书的第四编——"名家名师:访谈路上的足迹"。其中除了聚焦于漪、聚焦袁瑢和她的徒弟殷国芳、聚焦臧慧芳和她的语文组之外,还收录了三组深度采访文章,一篇写的是全

采访人民教育家于漪老师

114

国著名小学特级教师贾志敏，一篇写的是上海市教委教研室英语教研员、特级教师朱浦，还有一篇写的是江苏省特级教师、苏州市教育名家高本大校长。

《教坛风云》是我四十年教育新闻采访与写作的心血与智慧的结晶。这是一部纪实性的采访实录，我以一个记者的教育视野，从不同的侧面，或专访一位位教育大家，聆听他们对教育的真知灼见，捕捉他们背后鲜为人知的故事；或以"历史追忆"的方式，回顾过去岁月教育教学改革中发生的值得回味的历史事件；或以"访谈"的形式，倾听一位位学校领导畅谈上海二期课改新理念给学校教育教学带来的深刻变化；或直接走进名师课堂，以生动的描述，形象而又准确地再现名师的教学艺术和风采；或从一个记者的角度，站在上海基础教育的转折点上，直面教坛"风云"，发表评论与见解……这不同的侧面，分散是一个个"点"，汇总就是一个"面"。这由"点"到"面"，可让人们清晰地看到上海基础教育事业的改革与发展。

如今，当我回过头来，再细细阅读那七八年前写的文字，再看看那"别出心裁，富有创意"的编排版式，我感到这是一种享受，一种满足。因为，过去那两年在一行行文字中洒下的汗水，使我了却了一个心愿——就是写一写自己的平凡人生。

送上一本书，献上一份爱

《教坛风云》的出版，引起了上海市期刊协会和我老单位上海教育报刊总社领导的重视，认为这本纪实性采访实录，既是金正扬先生从事教育新闻工作四十个春秋的人生记录，也是他亲历上海基础教育改革和发展的历史见证。这是上海普教界的一件大事。因此，两家单位与出版社领导经过协商决定，要为我举行一次隆重的《教坛风云》出版座谈会。当时，正值中国青年基金会教师培训中心第364期希望工程全国教师培训班在上海结业之际，我获悉这一信息后，决定将我这一新著捐赠来沪培训的乡村教师。送上一本书，献上一份爱。我的这一心愿，获得了三方领导的赞许。于是，经研究决定，于2015年6月20日下午，在上海交通大学农科院综合楼学术演讲厅举办"资深教育记者金正扬先生新著《教育风云》出版座谈会暨捐赠仪式"。

那天,中国新闻网和《文汇报》及《上海教育》杂志等有关报刊都派记者来到了现场进行采访。当天,中国新闻网就发了一条长达1000字的电讯稿:

  中新网上海6月20日电(刘艳) 20日,正值第364期希望工程全国教师培训班结业。上海市期刊协会、上海教育报刊总社和上海社会科学院出版社,举办资深教育记者金正扬《教坛风云》出版座谈会暨捐赠仪式,向来自贵州赫章、陕西镇安、河南方城和四川德阳的百名乡村教师捐赠新著《教坛风云》。上海市教育功臣顾泠沅教授为培训班教师作了《今天我们怎样做教师》的生动报告。
  …………
  全国著名特级教师于漪、袁瑢、贾志敏等因故未能前来参加捐赠仪式,特致函金正扬和对来自希望工程教师培训班的乡村教师深表歉意,并祝愿活动成功,享受书香的快乐。

那天,人民教育家于漪老师因眼疾手术,未能到会,因而她在致函中深情地说:

  资深教育记者编辑金正扬同志数十年如一日不辞辛劳采访书写,站在责任与使命的高度,从不同角度不同层面如实记录上海基础教育前进的步履。回忆使人温暖,历史启示未来,《教坛风云》记述的那些人和事,那些从事改革的勇气和追求理想的执着,通过一篇篇具体生动的语言文字的诉说,散发着教育本质、教育理想的凛然正气,散发着作为人师的思想道德、学术情操的正能量,激励当今教育者要振奋精神,为树人的伟大事业奋然而前行。

全国著名小学语文特级教师袁瑢在贺信中说：

上世纪八十年代初，上海教育出版社胡慧贞同志提出对我的工作做一次总结，得到了当时教育局局长杭苇同志的支持，组织了四位同志进行这项工作。金正扬同志是其中之一，因此我有机会与金正扬同志有一段时间的联系。我深深感觉到他有一个人生目标：一生学做个教育记者。每天，他都在用智慧和勤奋为教育工作"鼓"与"呼"。四十年的辛勤笔耕，终于达到目标。他不但是一个教育记者，更是一个令人钦佩的、出色的资深教育记者。

以作文教学著称的全国著名特级教师贾志敏老师，因当天在外地，无法出席，他在贺信中写道：

金正扬同志是资深教育记者。他倾注其毕生精力写就的《教坛风云》，这是上海教育史上的一件盛事，一件大事。洋洋60万字的上海教坛风云录，是金正扬同志近40年教育新闻采访与写作的心血和智慧的结晶，也是金正扬同志人生最大的一笔精神财富。我以有这样的朋友为荣耀！

翻开这本散发着浓郁墨香的《教坛风云》，看着他用心血凝成的思想，用汗水书写的文字，一种感觉悄然释放：一个人不管做什么，都应该有所追求。只要认定目标，坚持不懈，定会事业有成，定会梦想成真……

如今，他把自己这心爱之作——《教坛风云》，捐赠给在沪培训的来自贫困地区的乡村教师，这种爱心，这种精神，更值得点赞，更值得发扬光大！

座谈会一开始，上海市期刊协会会长、世纪出版集团原副总裁陈和先生和上海教育报刊总社社长仲立新先生分别上台致辞。然后，我作了一个题为

高龄岁月
——我的养老生活纪实

《上海教育》对捐书的报道

"一生学做记者编辑,一心为教育鼓与呼"的主题发言。

座谈会的发言一个接着一个。中国少先队工作学会副会长、上海市少先队总辅导员沈功琳老师,上海市小学语文教学研究会秘书长冯寿鹤老师,上海市语文特级教师顾家锋老师,上海市虹口区教育局原副局长何靖华先生,上海市特级校长张治先生,还有特为《教坛风云》作序的上海师范大学研究员、全国小学语文教学研究会顾问吴立岗教授等,一一在会上作了发言。

那天,在"《教坛风云》出版座谈会暨捐赠仪式"上,我还向上海唯一的一所希望小学——上海民办阳光海川学校捐赠了60本《教坛风云》。

会后不久,我再次向希望工程全国教师培训班捐赠了150本《岁月留痕》。中国青年基金会教师培训中心为此又举行了一次捐赠仪式,并颁发了捐赠证书。

《教坛风云》出版座谈会的召开,特别是捐赠善举,在普教界引起了不小的反响。《文汇报》《上海教育》《现代教学》等报刊都相继作了报道。《上海教育》和《现代教育》杂志还分别刊登了吴立岗教授撰写的《一生学做记者编辑,一心为教育鼓为呼——资深教育记者金正扬新著〈教坛风云〉出版》一文。

我更要感谢的是,《上海教育》杂志记者陈之腾还以我为贫困地区乡村教师捐赠新著一事,写了一篇题为《弘扬教育正能量》的近2000字的通讯,为我40年从事教育记者生涯画上了一个圆满的句号。

第三节　讲述我的人生故事

每当我回首往事的时候，我总会情不自禁地想起邹韬奋先生在《"生活"周刊究竟是谁？》一文中说过的那句话：

一个人光溜溜的到这个世界来，最后光溜溜的离开这个世界而去，彻底想起来，名利都是身外物，只有尽一人的心力，使社会上的人多得他工作的裨益，是人生最愉快的事。

这话讲得很透彻，很得体，令人可信。其实，我这几十年来所做的平凡事，也正如韬奋先生所说，"尽"了我"一人的心力"，干了"使社会上的人多得他工作的裨益"的事。

往年日记：再现过去的岁月

往事是值得回味的。因为它尽管是陈年平凡小事，但却往往蕴含着生活的真谛。

两年前，上海电视台上海影像工作室张云骅编导在为我和几位大学同学拍摄《上海故事》(424)——《那些年的学工学军》片子时，他在片头曾这样意味深长地打上一段文字："翻开尘封的日记，一页页记录的都是金正扬学生时代学工的往事。上世纪五十年代末，教育工作进入社会主义的探索阶段，强调教育与生产劳动相结合，学生开始走向社会实践。"

确实，日记能帮助我们再现生活，再现历史。张编导的这一席话，勾起了我一系列的回忆，那些年的学工学军的情景，即刻浮现在我的眼前；而随即拍摄的《上海故事》(425)"学农篇"——《希望的田野上》，那是我刚踏上教育岗位不久带领学生去青浦学农的往事，那一件件与学生"同吃、同住、同劳动"的场景，更令我难忘。

这些历历在目的往事,无论是"学工学军"还是在"希望的田野上"学农,看似平凡,但干的一件件都是"使社会上的人多得他工作的裨益"的事。这正如张云骅先生在编导札记中所说:"这段经历不仅伴随着一个人的成长,也或多或少地对每个亲历者价值观的形成,产生了积极的作用。"

正因为如此,这两集片子刚一播出,就在社会上产生了广泛而又积极的影响。

记得2019年8月31日中午11:30,上海电视台新闻综合频道首播《上海故事》(424)——《那些年的学工学军》时,我的同学、同事和朋友早就坐在电视机前。片长25分钟,刚一播完,我就收到了不少来自各方面朋友发来的微信。一位大学时代的老同学在"微信"中激动地写道:

"@金正扬@全体老同学　观STV上海故事《那些年的学工学军》有感——赠老班长金正扬:

"记你初中学工日记,写诗歌——不容易!真棒!"

"喝正广和汽水厂的汽水——好喝!真爽!"

"吃学工工厂食堂里饭菜,不用交粮票(优惠)——真香!"

一位久未见面的朋友在微信中颇为感慨地说:

正扬兄,我全程观赏了这个片子,往事并不如烟,一点一滴连接成完整的人生。很不错的,您的两个搪瓷脸盆是亮点,好好保存着,难得的现代文物。谢谢告知信息,得以重温我们这代人昔日的燃情岁月!

除了同学、朋友发来的微信,这一不寻常的事,在我入住的上海颐和苑的长者"群"里也立刻传开了:

"@所有人 今天是8月31日(周六),新闻综合频道11:30开始的《上海故事》节目中,有我们《上海颐和苑》执行主编金正扬老师的四五个片段。很生动,很精彩。大家可以回看。"

"片长计25分钟,金老师的镜头最多,讲得也生动。印象最深的是两件'宝贝':旧日记和旧脸盆。一个记录了金老师在人生路上的勤奋、艰辛和荣耀;一个是继承了艰苦奋斗、勤俭持家的好传统。从一定意义上说,在人生的青年时代开始,正是由于这两个动力,从而奠定了一生辉煌的坚实基础!"

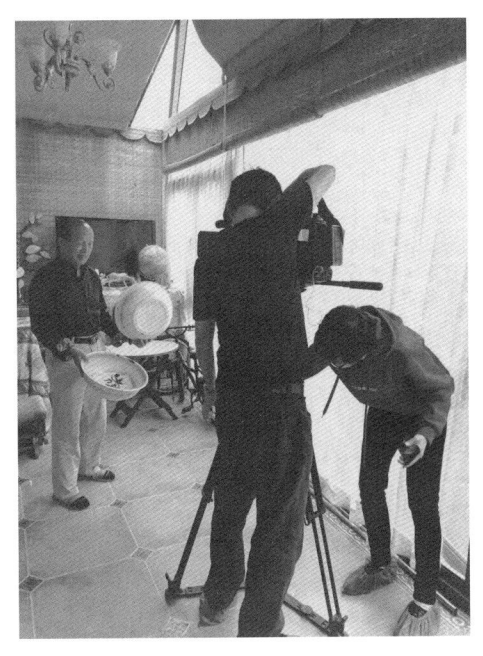

讲述我的人生故事

"谁的相机、手机好点,把它录下来,作为读书写作组和颐和苑的资料保存,有意义的。我那破手机就不弄了,质量差。"

"这片子我有幸看了两遍,但不过瘾,应该拍得长些,诚如您说,很有历史感!"

"金老师,《上海故事》何时再播?我们想把它录下来,请给一个时间表。"

收到这些微信,我激动不已。我打心底里佩服张编导能在这么短的时间里,把我们早就过去岁月中的那些零星的小事,一件件串联起来,并恰到好处穿插了当时一些历史影像资料,还原了生活的本真。

为了拍好这一片子,张编导也费了不少心思。他在编导札记中写道:"记得开拍前,在上师大林银光老师的办公室里,他帮我约了四位相关老师,开了一个小型的讨论会,其间各位老师的发言和经历,让我对这段历史有了更充分的了解。金正扬老师从上海教育史研究人员的角度,谈及自己的亲身经历,还为我提供了一本《上海普通教育史》作为参考资料。朱玉桃和李祥杰两位老师在之后的采访中,概括总结了学工、学农、学军这段经历以及对人生成长的意义,都让我受益匪浅。"

那天会后,我根据张编导的要求,在家中四处找寻与学工、学农、学军有关的历史资料,打开一本本尘封的日记,从初中到大学,一本本翻阅,边读边想,一连几天,我一直沉浸在往事的回忆中。特别是那一对跟随我和夫人近50年的搪瓷脸盆,搬了几次家,我都舍不得丢掉,没想到,它今天竟成了我俩当年岁月的历史见证……

《百姓档案》:讲述人生故事

人世间,常有一些意想不到的事情发生。

就在距离放映《上海故事》(425)——《希望的田野上》一年后的一个下午,即2020年11月19日,我收到了上海电视台张编导发来的微信:

"金老师好,今天和侨联几位领导来颐和苑参观,忘记您之前说的养老院名字,到了以后,我想起来了,一打听,原来您在这里声誉卓著,无人不知,无人不晓。我们打算在颐和苑找些老人做几集老百姓的人生故事及和颐和苑相关片子,具体再与您联系,听听您的意见,望金老师不吝赐教!"

"我们还特地去您的菜地看看,他们说您明天才来,真不巧,祝您身体健康! 多联系!"

于是,我们又接上了联系,借助微信,一来一往:

"您一般什么时候在莘庄家里?"

"我平时大都在莘庄家里,一个月有几次到苏州吴江家里住几天。为替颐和苑主编《上海颐和苑》(季刊),一般一周到十来天去颐和苑住一两天,种种菜,组组稿,生活还算丰富。"

"颐和苑各种人才都有,是一座金矿,可写可拍的东西很多很多。您约个时间,讲讲你们的打算、构思,我帮你们出出点子。"

"好的,那我们约下周四可以吗?"

…………

我和张编导经过几番讨论研究,特别是后来听了周保云理事长创办颐和苑的"初心"和他那一整套办苑理念后,张云骅编导心中豁然开朗,对从人文角度拍一部颐和苑的片子,更充满了信心。

不久,张编导一个"颐和苑文献片拍摄提纲"便酝酿成功。同时,张编导还精心设计了《百姓档案》的拍摄方案:通过对入住颐和苑老人的采访拍摄,如实记录普通百姓的人生经历,由他们口述自己的人生故事,配以个人和时代的影像资料,关注他们的闪光点,为他们梳理人生轨迹,绽放他们的生命情感和人生感情,为他们自己后代留下宝贵的精神财富。张编导说:"每个人的人生都是自己的一座丰碑,所有人的故事便是一段历史。"

有了方案,前行的路就在脚下。为打响第一炮,搞出个样片来,张编导首先把目标锁定了我。因为一年多前,他就看过我写的《岁月留痕》一书,又通过《上海故事》栏目关于"学工、学农、学军"的拍摄,留下了不少影像资料,这是现成的资源。他对我说:

"金老师,您在书的后记中说自己是'一个很平凡的小人物,出身贫寒,没有什么令人羡慕的背景和优势。但我觉得您虽很平凡,却是一个有故事的人物,从学生时代到从师任教,再到办刊办报,这几十年,每年您都有不少励志的故事,都有令人羡慕的闪光色彩。您准备一下,能不能为《百姓档案》口述人生故事开个好头。"

于是,我便遵照张编导的嘱托,按照他的拍摄思路开始思考和搜集资料。

张编导为我拟订的拍摄提纲:

(1) 通过金老师在颐和苑菜地种菜的场景,引出金老师在向明中学带学生学农的往事和他的简历。

(2) 通过家里的两个搪瓷脸盆,金老师回忆起他的恋爱故事和婚姻生活。

(3) 岁月匆匆,五年前,金老师夫妇选择入住颐和苑安享晚年,同时金老师为颐和苑编撰苑刊,发挥所长,讲述他在报刊社的工作经历和人生故事。

(4) 如今,在颐和苑安享晚年的金老师,平时参加了若干兴趣小组活动,回想起当初选择颐和苑,金老师感慨万千。人生之路的宽度丈量着迈出的每一步长度。生活如此精彩,生命之树长青。

我认真地研究了张云骅编导的拍摄提纲,结合我的人生之旅,深感其拍摄思路清晰,里面有关影像资料的穿插也很自然,不愧为一位专业行家。为使张编导对我有更深一层的了解,我又根据其拍摄提纲写了一篇长达一万多字的人生纪实——《足音》。

拍摄现场

《足音》从四个方面细述了我的"人生之旅":

(1) "一份地"的联想:他从穷乡僻壤走来。

(2) 从"无冕之王"说起:编辑生涯,从掘得"第一桶金"开始。

(3) "退"而不"休"的岁月:人生的第二次创业。

(4) 42封"家书"的追忆:他俩选择在颐和苑安享晚年。

2021年2月24日上午,张编导一行三人开车来我家拍摄。我早就知道,张先生的专业是编导、摄像,一直在一个叫《上海故事》的栏目搞创作,特别擅长于拍摄老年人的内容。

这天,他们从早上9:30一直拍到下午4点左右。中间,除了午餐半个多小时,拍摄工作一直在紧张有序地进行,我深为其敬业精神所感动。

口述历史,讲讲容易,但要把一大堆"材料"——照片、实物,用一根红线将"人与事""旁白与口述"有机地串联成一部有血有肉的人生历史故事片,谈何容易?!在以后的日子里,我听说张编导整天都在苦苦思索,曾几易其稿,其间历经半个多月,反复推敲,终于在3月21日将《百姓档案——金正扬的人生故事》剪辑成功。

在看片子前,我心中还有点七上八下,一直担心自己口述有误、语言不畅,但看完片子,我的一切担心都成了多余。没想到,拍摄的影像资料,经张编导的妙手制作,再配以标准的旁白和简洁的文字,不仅具有可看性,而且片子从头到尾,蕴含着丰富的文化内涵。

看完这一集由我口述的人生故事,我不由得想起20世纪60年代年轻人常引用的一段名言:

> 人的一生应当这样度过:当回忆往事的时候,他不至于因为虚度年华而痛悔,也不至于因为过去的碌碌无为而羞愧;在临死的时候,他能够说:"我的整个生命和全部精力,都已经献给世界上最壮丽的事业——为人类的解放而斗争。"

这是苏联作家、《钢铁是怎样炼成的》一书的作者奥斯特洛夫斯基说的。它曾鼓舞和激励了不少年轻人。

人,从小到大,一直都在书写自己的历史。历史,有人把它比作一面镜子,它每时每刻都在折射出一个人的灵魂,一个人的功过是非。

第四节　快乐之旅:黄浦滨江游

旅游,是我退休生活的一个重要"章节"。近二十年来,国内国外,也跑了不少地方。疫情来临,走不出去了,怎么办？我思来想去,脑子中突然冒出了一个"妙招",何不开辟一个新的旅程——黄浦滨江游。于是,从2021年10月5日开始,我与一位朋友相约:每周游一次滨江。

上海黄浦滨江,从原始的滩涂,到工业仓储密布两岸,再到市政府花巨资将滨江两岸景观步道贯通,这确实是一项为民之举。据测算,两岸全长46公里。这一"世界会客厅",非同凡响,牵动着这座城市的时代步伐。

我从20世纪50年代初来到上海,历经春、夏、秋、冬六十多个岁月,但对这座"养"我、"育"我的城市还知之甚少。在即将跨入"80后"的这一刻,我心中不知怎的,又涌起了一股新的生命活力,开始了不寻常的滨江发现之旅:一步步丈量,一页页记录,于行走中领略浦江两岸美景,深入了解海派文化,感受上海这座城市的温度和美好。

黄浦江的传说

关于黄浦江,有一个动人的传说:

很久很久以前,上海曾是一片荒凉的沼泽地,其中央蜿蜒流淌着一条浅河。雨水多了,就泛滥成灾;雨水少了,又河底朝天。人们深受其害,咒之为"断头河"。

战国时楚令尹黄歇来到这"断头河"河畔,不辞辛劳地弄清其来龙去脉,带领百姓疏浚治理,使之向北直接入长江口,一泻而入东海。从此大江两岸,不怕旱涝,安居乐业。

当时,人们为感激黄歇的恩德,便将这条大江称作黄歇江,简称黄浦。后来,黄歇被封为春申君,便又名春申江。

再后来,据清同治《上海县治》记载,明永乐中户部尚书夏原吉疏浚大黄浦,汇合吴淞江,通范家浜至吴淞口入海;海瑞主持在古东江(时通称横潦泾)金汇港口东侧修坝建闸港,使上游来水大多北折改走黄浦,冲刷了吴淞江下游河床,使吴淞江淤积问题得到彻底解决,而"三江"之一的吴淞江也成为黄浦的支流;横潦泾水北流后始成今日的黄浦江。

上海,因黄浦江而兴。从过去的原始的滩涂,到后来的百年工业,再到如今的现代时尚,都是因水而生,因黄浦江而兴。围绕黄浦江吴淞口至闵浦二桥区段滨江水岸,这里有讲不完的故事。可以毫不夸张地说,这里是文化、艺术、商业复合聚集的世界级滨水旅游休闲廊道。

于是,我和我的见多识广的朋友王德华先生,先从徐汇滨江西岸开始,用脚一步步丈量,透过阅读那一座座建筑,用心聆听最摩登的上海故事,用情感受最经典的上海风貌,我这才逐步领悟人们为什么把上海称为"魔都"。

黄浦江沿岸的前世今生

滨江游的第一站——徐汇滨江,就深深地吸引了我。

徐汇滨江地区,东临黄浦江,北起日晖港,南至南浦大桥,西至宛平南路—龙华港—龙吴路,它是上海重要的老牌工业区和物流港口。百年来,它见证了中国民族工业从无到有、从弱变强的过程。

迈步在这个工业区里,从一件件历史"遗存"中,我看到了许多兴衰起落着的著名工厂:

——中国第一家湿法水泥厂"上海水泥厂"。

——20世纪40年代亚洲第一大机场"龙华机场"。

——政府主导并运营一个世纪的"南浦站"(原日晖港站)。

——承载中国民用大飞机梦想"运十"的"上海飞机制造厂"。

——爱国实业家创办的"永星制皂厂"(现和黄白猫有限公司)。

——中国水上运动项目发源地"划船俱乐部"。

——一度供应上海和江浙全部工业、民用煤炭的物流港口"北票码头"。

…………

这些著名的工厂中最引我注目的要数"龙华机场"(现为直升机训练场)。这是我第一次见到,在这紧挨市区的地方居然早在1917年就建成了大型机场,而到了1922年,又被人们称为"龙华飞行港"。它不仅是中国民航的发源地,也是世界上运营时间最长的机场之一。早在20世纪40年代,龙华机场就成为东亚最大的国际机场。从1952年开始,它更成为新中国的航空门户,我不禁为之感到自豪。

其次,我最感兴趣的是"北票码头"。因为20世纪70年代,我在向明中学教书时曾带领学生在这里(当时的"上港六区")进行为期一个月的"学工"劳动。同孩子们同吃、同劳动。在"学工"期间,为使学生既能获得劳动锻炼又能学到文化知识,我曾请港区既有文化又有生产经验的工人师傅和技术人员给孩子们上"工基"(即"工业基础知识")课,曾得到当时有关领导好评,《解放日报》还曾作过专题报道。

北票码头建于1929年。当时,在这里为北票煤矿公司投资建设的2座浮码头,全长1200米。1937年日军侵占后,浮码头被拆走。到了1948年,那时的国民政府资源委员会曾把它改建为钢筋水泥码头。新中国成立后,人民当家做主,上海港务局对北票码头进行了大规模更新改造。到了20世纪七八十年代,特别是1984年,港区又进一步更新了塔吊、传送带等设备,使之承担了上海工业生产、生活用煤的装卸储存和水陆中转的重大任务。如今,从那遗存在江边的锈迹斑斑的钢筋水泥码头中,我们不难想象,当年这里上上下下一片忙碌的情景。

游徐汇滨江

改革开放后,徐汇滨江更有过辉煌和梦想,它还是上海市"十二五"六大规划重点建设功能区之一。

我们在徐汇滨江西岸走着走着,一座巨大的盾构雕塑映入了我们的眼帘。走近一看,原来这是1965年在时任中华人民共和国国务院总理周恩来的批准下,建造上海打浦路隧道用的盾构原形。

1970年,第一代隧道人凭着自力更生、艰苦奋斗的精神,在这雕塑所在地成功地建设了中国第一条大型越江隧道。由此,这一工程原址便成为我国盾构法越江隧道建设起步的原点。

一步步丈量,目睹一座座著名工厂,我不禁对身旁的朋友说,徐汇滨江,可称为上海老牌工业区,是中国民族工业的发源地之一。

但当我们第五周漫游到滨江西岸的最后一站——杨浦滨江时,发现这里的百年老厂更令人数不胜数。它从另一个侧面见证了中国的工业化进程。

杨浦滨江,一路拥有深厚的历史底蕴和丰富的工业遗存。你看,那杨树浦水厂、英商怡和纱厂和秦皇岛路游船码头以及东方渔人码头,还有那国际时尚中心等,经过整合,从"工业锈带"到"生活秀带",令人感受到社会的飞速发展。

滨江艺术的长廊

上海,素有"万国建筑博览会"之称,集聚了不同时期、不同风格的建筑,讲述着不同的故事,处处承载着红色文化、海派文化、江南文化交相辉映的文化特质。

建筑可阅读。阅读一座建筑,阅读一片街区,阅读一段城市发展史,就是在阅读上海这座城市独有的魅力。

在黄浦滨江,透过阅读外滩源、和平饭店、汇丰银行大楼、老码头创意园等一座座建筑,我似乎聆听到一个个最摩登的上海故事,感受到一种种最经典的上海风情。

相比之下，徐汇滨江，虽没有黄浦滨江那样的"万国建筑"，但那很有气派的景观大道与多层次的立体活动空间，远远看去，好似形成了一条艺术长廊。你看，那龙美术馆、上海余德耀美术馆、两岸艺术中心、上海油罐艺术中心等建筑，一个接一个，如有机会都进去走一走，可让你领略不一样的艺术风情。

虹口滨江，这是新开辟出来的江岸。沿岸拥有大量体育、文化设施，那天我和朋友漫步走过的时候，见到不少市民在晨练，或打拳，或舞剑，或骑着车与我们擦肩而过。北外滩滨江绿地、上海大厦、白玉兰广场、建设书局等，还有那极具特色的码头文化露天博物馆，形成了一条以反映上海百年码头文化历史的"长廊"。

在北外滩的码头，还有一段红色故事。不知你是否听说过，邓小平革命生涯第一站——1920年赴法留学，就是从这里启程出发的。

2004年初，我应上海教育出版社之邀在为青少年编写《邓爷爷照片里的故事》一书时，从文献中就看到这样一段记载：15岁那年，小平在父亲的支持下，怀着科学救国、工业救国的决心和对军阀、卖国贼的深切痛恨，告别亲人，带着父亲卖地凑成的学费，来到重庆，考上了留法勤工俭学预备学校。一年后的1920年，83名成绩优秀的川东青年，登上"吉庆"轮，离开重庆港口，途经上海，改乘法国邮船"盎特莱蓬"号，赴法留学，邓小平是其中年龄最小的一个。当时的《民国日报》曾刊登了一篇报道《第二批留法学生出发》，《申报》则写了一篇《欢送留法勤工学生记》。

如今在这里，当年小平启程出发的码头边，艺术家以《申报》和《民国日报》为背景，安放了一座邓小平年轻时身着西式服装、戴着宽边帽，从这里赴法留学的雕塑，既有浓浓的历史感，又能让红色故事得以传颂发扬。

艺术的、人文的、绿色的海派文化，在浦东滨江行走中也能领略和感受到上海这座城市的温度和美好。

那里，最引人注目的是世博园滨江，那是最生动立体的城市博览。沿岸的梅赛德斯-奔驰文化中心、中华艺术宫、世博中心、世博展览馆、世博会园等,可一一带领我们走进博览的殿堂。

而陆家嘴滨江,则汇聚了东方明珠塔、环球金融中心、金茂大厦、上海中心大厦等众多地标性建筑,将上海的现代大都市风采展现得淋漓尽致。

这里,有一巨型"手"样雕塑也值得一提。它位于南浦大桥浦东段江边上。开始,我反复看了仍不解其意:它究竟象征着什么?寓意何在?旁边没有任何文字说明,连雕塑的名字也没有。我即刻把它发到"朋友圈"里,寻求帮助。

不一会,我的老同事朱宏义先生发来一帖,他说:"这个作品叫《超戒》,它是艺术家沈也更据上海美术馆的标志性建筑——钟楼为创作元素打造的一枚超级戒指。作品外形酷似皇冠或某种器械。艺术家认为,这个作品借用了重要城市(上海)、重要建筑(上海美术馆)和重要展览(上海双年展)等元素,合力打造而成。"

读后,我从心底里佩服老同事知识的丰富。

富于人性化设计的景观

滨江的景观,因水而生。滔滔不绝的黄浦江水,滋养了各类水生植物。这里,尤以芦苇、蒲苇、黄菖蒲等为多。你看那一丛丛芦苇,一朵朵密生的白花,随风飘荡,这正是江南水岸的一大特色。

我俩在漫步行走中发现,滨江区开发改造的设计者们,为保留这一原生态的美景,动足脑筋。他们经过一番构思,巧妙地将原生态的芦苇与江边的卵石组合在一起,形成了一道道美丽的风景线,可谓巧夺天工。

早年的江边码头,因受外界环境干扰少,慢慢地形成了极具特色的江滩原始植被群落。这是城市现成的生态资源。滨江区的开发改造设计者们,在不同的区域,将这些自然生态环境打造成为各种乡土植物的集中展示区,供游人参观欣赏。

滨江沿岸的植物品种,据统计,多达二十余种。春天,这里春花烂漫,生机勃勃;夏天,江风徐徐,江鸥是这里的常客;秋天,各类观赏植物五彩斑斓,随风摇曳;冬天,枯木萎草,呈现出坚韧的美丽。四季更替,守望着滨江沿岸,被人们形象地称为黄浦滨江的绿宝石。

行走于滨江沿岸,我们还常看到一块块的草药园。设计者们在阳光不甚强烈的区域,将其规划为阴生草药植物区。草药园的草药品种约50种,供人们观赏。

滨江沿岸的休闲设计,也令人赞不绝口,不仅美观大气,而且富于人性化。光沿岸供游人休息的座椅就各式各样。有的还充分利用历史遗存,将其改造成供游人的

游中小憩

休息之地。

黄浦滨江,是一道很长的水岸线。为打造好这一世界级滨水旅游休闲廊道,各段滨江每隔一两公里就修建了一座供游人资讯、休息、喝茶、应急的"驿站"。在西岸,"驿站"取名为"水岸汇",惠你我卓越西岸新生活;在东岸浦东,则取名叫"望江驿"。这里,除了有供游人休息、阅览的地方,还特别设有母婴室。工作人员都是志愿者。节假日,还安排青少年到此服务。

这些日子来,滨江微旅行的所见所闻,使我领略了上海魔都的魅力,它不愧为人们心目中的"世界会客厅"。

2019年11月2日,习近平总书记在考察杨浦滨江时,提出"人民城市人民建,人民城市为人民"的重要理念。这一重要理念,全面彰显了以人民为中心的发展思想,深刻回答了新时代城市建设发展为了谁、依靠谁的根本问题。黄浦滨江的变迁,见证了上海城市建设发展的昨天和今天。我想,这就是我们伟大的党初心与使命在城市建设工作中的具体体现。

奋进新时代,谱写新篇章。我打心眼里为今日黄浦滨江拍手叫好,因为它使上海人民享受到了有品质的生活。

第五节　漫游上海"母亲河"——苏州河

在退休后的闲散日子里,我已两次游览了上海"母亲河"——苏州河了。

第一次是在2014年,那是由高中老同学匡桂云组织的。匡桂云,1968年毕业于清华大学工程化学本科,教授级高级工程师。1996年5月开始,她在上海市苏州河环境综合整治领导小组办公室工作,任项目处处长,直接参加了苏州河整治的规划、工程项目管理、科研等工作。她所参与的"苏州河调水试验研究"项目,曾获2000年上海科技进步奖二等奖。

在苏州河治理中,这位老同学投注了大量的心血。她从1996年到2007年,在"苏办"工作的这11年里,为让苏州河水质变清,几乎成了她放不下的一个情结。也正是出于这种对苏州河的特殊感情,匡桂云退休后,特地同她先生一起相约我们高中同学,乘船游览苏州河。就是那次游览,使我对苏州河的历史有了比较全面的了解。

我第二次游苏州河,是从2022年2月初开始的。这次是在岸上漫游上海"母亲河"。但由于疫情,这次漫游,一直走走停停,共出行8次,直到2022年11月中旬才游完"苏河长宁段景观"。不过,苏河的主要景点,大多收于眼底。这一不寻常的"苏河之行",到此暂告一段落。

两游"苏河",从水上到岸上,给我留下了深刻印象。同一条苏州河,变化太大了。过去的河水,又黑又臭。经过三个阶段的全面综合整治,如今水面洁净,波光粼粼,岸边的文化、艺术工坊成为上海的又一张名片。我的老同学匡桂云说得好:"曾经黑臭的苏州河就像母亲脸上的一条疤痕,经过我们的治理,现在的苏州河成为挂在母亲脖子上的一条项链,中远两湾城对岸的梦清园,更是这条项链上最璀璨美丽的明珠!"

从"苏州河"这个名字说起……

上海,这是一座被江河贯穿的城市。

然而,这"江"指的并不是世人常说的黄浦江,而是我们老上海人再熟悉不过的那贯穿上海市区浦西段东西向的川流不息的苏州河。

"苏州河"这个名字来自近代,原名吴松江,古称松江、松陵江、笠泽江。据《苏州河治理》一书的编著者陆其国先生考证,《尚书》中就有"松江"的记载。元明以后,为了与地名"松江"区别,将"吴松江"改称"吴淞江"。

不过,"吴淞江"改称为"苏州河",那是第一次鸦片战争后的事。上海成为对外通商口岸后,据说某位英国商人将吴淞江与中国丝织业中心吴地的苏州古城相联系,下意识地将她称作"通往苏州的吴淞江"。

这里,还要说明的是,以北新泾为界,吴淞江上游被称为吴淞江。而吴淞江下游,北新泾以东,流经上海市区腹地的河流,上海市便基本称之为苏州河。于是,这条滔滔不息、流淌千年的河流,就开始形成了一个约定俗成的称号:苏州河。不过,直到1848年,上海道台与英国驻沪领事在签订扩大英租界协议时,才第一次正式把"吴淞江"写成"苏州河"。

然而,随着上海城市化进程的加快,区域划分的变化,苏州河的指涉范围似乎也越来越大。现在人们普遍将流经上海的吴淞江,全部归入苏州河的范畴。这条绵延流长的河流,源于东太湖,一路逶迤流经苏州的吴江区、吴中区、昆山市,然后进入上海,继续流经青浦、嘉定、闵行、普陀、长宁、静安、虹口、黄浦等区,全长125公里,上海境内53.1公里,市区河面宽50米到70米。

苏州河:见证了上海都市的崛起和繁荣

我第二次游上海"母亲河",是从外白渡桥开始的。这里是苏州河和黄浦江的交汇处。往昔的苏州河,你若站在外白渡桥上,抬头望去,可看到有一条很明显的黑带。当时苏州河的黑臭和河口的黑带在国内外都是很有名的。据说,一旁的上海大厦连窗户都不敢打开。

如今,这条长河的变化是很大的,从"臭"名远扬到重新改造成为"亲水平台",可谓天差地别。当我漫步在苏州河静安段时,我那不平静的心,时而一边阅读"静安",时而一边触摸"苏河"。我走着走着,一首题为《苏河人静安梦》的散文诗不禁跳入我的眼帘:

听奶奶说,她小时候
苏州河是一条租界河
骄横的洋人在那头
卑屈的国人在这头
苏州河畔的人呵,不静不安

听妈妈说,她小时候
苏州河是一条穷困河
三代人挤一间阁楼
十户人用一水龙头
苏州河畔的人呵,虽静难安

现在呀,我也是小时候
苏州河是一条希望河
明珠玉带栉比高楼
阿拉学生孜孜以求
苏州河畔的人呵,既静且安

这首散文诗,生动地刻画了三代人不同时代的苏州河的过去、现在和将来。

镇以港兴,港倚水养。这"水"就来自吴淞江,即苏州河。上海水系属太湖流域,所以也说吴淞江源起太湖。太湖原有许多通海河道,著名的有三江,即娄江、东江、松江,史称"三江既入,震泽底定"。"震泽"即太湖,这是唐以前对太湖的指称。

追溯上海的历史,我们可以看到由江河湖海和地理因素变化合力留下的印迹。我们也可从中了解到,苏州河从昔日一路发展而来的自然踪迹,以及伴随着这种踪迹一起前行的上海地区的社会发展脉络。

陆其国先生在其编著苏州河治理《巨变》一书的"导言·苏州河传播曲"中曾作过这样生动的描述:

> 千百年来,苏州河水脉悠悠,人杰地灵,拥有曾任青龙镇镇监的米芾,有著名的大苏小苏,有范仲淹、杨维桢……一弯苏州河水,延伸着河湾、半岛、船埠、水岸,漂游着传说、故事、记忆、诗文。"水脉合着史脉",苏州河上的驳船、桥梁、乡音、姿态,有着富于个性的聚散、选择、默契和安然,她温情而又不依不饶地展示着滨水空间的营造、世风人情的凝聚、人文脾性的养成和文化品格的磨砺。"人文依水弥漫",苏州河悄然把文化揉进水,让风情滋润着细节,对平民的情趣不作雕琢,对社会的弹唱体现真诚,不知疲倦地播扬水系文化的朴实与宁静,映照水域文化的衍生与整合,挟裹水乡云雾的含蓄与精明,凸显城市水魂的灵动与可读。

这就是最早的"一弯苏河水"。事实也是如此,一百年前的苏州河,还清洁澄澈,一览无余!据说,当时的租界当局为建造自来水厂选址,曾对苏州河、黄浦江、淀山湖水质进行采样,并将样本送到英国分析,结果发现,苏州河的水质最佳,几乎可与英国水质相媲美。

但苏州河这值得骄傲的一页历史,随着上海租界的出现,特别是第一次世界大战期间,外滩沿江一带高楼大厦的崛起,使这里成为西方资本登陆上海、登陆中国的滩头基地。于是,苏州河便成为生产原料和廉价劳动力来源的黄金水道,两岸先后建起了大量仓库、码头以及棉纺、粮食加工、造纸、化工、制药等行业的工厂和作坊,陆续聚集起大量的劳动者和居民。

如今,当我漫步在岸边,触摸苏河,那保存着的不少优秀历史建筑,就是当年的仓库。我第一眼看见的"1908粮仓",就是中国通商银行第二仓库旧址,砖木结构,始建于1908年。到了1935年6月,上海大亨杜月笙被推选为中国通商银行董事长兼总经理,便作为其私家粮仓。

触摸苏河,两岸的优秀历史建筑比比皆是。每一座建筑,都有着不少鲜为人知的故事。位于光复路195号的交通银行总行仓库,始建于1916年8月,是一栋拥有四层楼的钢骨水泥新式仓库,设计以近代建筑风格为主。随着金融的发展,交通银行自办仓库越来越多。据统计,到1935年1月,交通银行在全国各地的仓库达170余处。作为时代的见证者,交通银行总行仓库矗立在苏州河畔,书写着不凡的金融史话。

阅读静安,沿着苏河由东向西,最引人注目的莫过于历史建筑——四行仓库光三分库。

2022年7月3日,我第三次触摸苏河。当我看到那修复的弹痕累累的墙面,一股肃然起敬之感油然而生。

四行仓库光三分库位于光复路127号,建造于1931年,坐北朝南,原为三层砖木混凝土结构。它原是福康福源钱庄联合仓库,后作为金城银行、中南银行、大陆银行及盐业银行的联合仓库,称"北四行"。1937年"八一三"淞沪抗战中,中国军队谢晋元部在这里坚持四昼夜抗击日军,名扬四海。四行仓库旧址,现已是上海市第五批优

苏州河边的四行仓库

秀历史建筑。四行仓库光三分库作为苏州河沿岸工业遗迹更新利用的代表，正以新的面貌和深厚的底蕴诉说着时代的变迁。

历史值得记取。忘记历史，就意味着背叛。《观"八百"后过四行仓库旧址有作》——这是我阅读静安时看到的一首无名诗：

> 烽火丛中扬旆旌，静安岂可任天倾。
> 凌寒吹角三千里，背水横戈八百兵。
> 风抚弹痕催柳绿，春归蝶影舞花轻。
> 四行来觅英雄气，浩浩苏河波未平。

《历史铭记"八百"》——又一首无名诗跳入我的眼帘：

> "八百"并没有逝去，活在苏河波光里——
> 晨光中怒吼：起来……晚霞里欣慰：胜利……
> 四行仓库将永恒记忆！

是啊，四行仓库我们要将你永恒记忆。

苏州河：上海近代民族工业的发祥地

漫步在苏州河畔，追溯上海近代工业文明幼芽在这里的萌发与成长，我们可看到有始建于1878年、开启近代中国民族工业新纪元的第一家动力纺织厂——申新纺织第九厂；有始建于1915年的中国第一家自纺、自织、自染的达丰染织厂；有在20世纪30年代被誉为远东第一的第一印染厂；还有中国最早生产纺织整机的第一纺织机械厂。

逶迤向西的苏州河沿河出现的工业带，开设的工厂门类众多，主要有纺织、印染、榨油、面粉、烟草、化工、造纸、印刷、橡胶、搪瓷、机器制造等。其中，不乏为沪上开办最早、最大或在各自行业中占有重要地位的著名企业。

当我来到普陀区境内,苏州河在这里蜿蜒14公里,岸线长达21公里。这是上海中心城区拥有苏州河岸线最长的区域,这里孕育出了上海乃至中国近现代民族工业的辉煌。据统计,当年活跃在这里的工厂企业不下700家,一家紧挨着一家。

我漫步在河岸线上,沿途看到的有历史遗存的标识就有上海大孚橡胶总厂、第一纺织机械厂、丰田纱厂等著名工厂企业,涉及纺织、轻工、机械、仪表、化工、食品等多种门类。其中特别引人注目的是国棉一厂旧址,在苏州河岸线上至今还保留着当年厂内运货的历史遗存——"铁轨"。

普陀区是劳动人民的居住地。在苏州河沿岸,我看到的另一幕,就是呈现在眼前的那一处处"火红地标":

——申新九厂"二二"斗争纪念地。1948年1月底,申新九厂工人举行反对国民党反动统治的反饥饿、反迫害斗争。2月2日,罢工运动遭到国民党军警的血腥镇压,史称申九"二二"惨案。

——上海印钞厂护厂纪念地。1948年底至1949年5月,中共地下党组织领导中央印刷厂上海总厂工人开展反搬迁、反破坏斗争,让工厂完整地回到人民手中。5月29日,第一套人民币在这里开印。

——大隆机器厂护厂斗争纪念地。1948年10月,中共大隆机器厂地下党组织护厂纠察队,建立工厂党组织,发展中共地下党员,开展反搬迁、反破坏斗争,迎接解放,使工厂完好地回到人民手中。

——第一印染厂工协护厂纪念地。1949年5月,有远东第一之称的第一印染厂工人在中共地下党组织领导下,秘密赶制"人民保安队"袖标,开展护厂斗争,一名工协负责人和两名工人在护厂斗争中英勇牺牲。

——警委钱凤岐刘家栋烈士遇难处。1949年5月13日,潜伏国民党普陀警察分局的中共地下党支部书记钱凤岐和中共党员刘家栋被捕。5月20日,与杨树浦警察分局两名同志一起被枪杀于宋公园,史称"警委四烈士"。

——上海造币厂人民保安队护厂纪念地。1949年5月,上海解放前夕,国民党残兵败将准备洗劫造币厂,造币厂和大隆机器厂的保安队联手挫败了敌人阴谋,使造币厂完好地回归到了人民手中。

....

这一处处"火红地标",是上海工人阶级在中共地下党组织领导下英勇斗争的标志,展现着上海独特的历史底蕴。她是永远值得记取的纪念地。

苏河十八湾:湾湾有故事

苏州河流经上海,形成90度以上的河曲有13个,其中11个在普陀区段。该段共有18个较大的河湾,称"苏州河十八湾"。

苏河十八湾,目前多见的名为:长寿湾、潘家湾、昌化湾、子湾、梦清湾、小沙渡湾、朱家湾、小花园湾、谈家渡湾、纱场湾、小万柳堂湾、学堂湾、九果园湾、长风湾、火花湾、北新泾湾、新长征湾、祁连湾。其中既有约定俗成的,也有新建道路、景观命名的。

行走在"苏河十八湾",可谓湾湾有故事。

翻开上海城市地图,苏州河犹如一条长龙,蜿蜒穿过市区。苏州河入普陀的"第一湾"在长寿路上,苏州河在长寿路桥附近画出了一个美丽的半圆,人们称之为"长寿湾"。

长寿路桥曾是上海解放后第一座架设在苏州河上的钢筋混凝土桥梁。宋庆龄捐资建立的第一家中国福利会国际和平妇幼保健院的旧址就在附近。长寿路自筑路开始,外商与民族资本家纷纷沿路开厂,有英商白礼氏洋烛厂(后为上海减速机械厂)、美商奇异安

在苏河十八湾漫游

迪生电器公司(后为上海灯泡厂)、挪威商斯堪脱维亚啤酒厂(后为上海啤酒厂)等。1926年路口建起一座钟塔,人称"大自鸣钟"。

小沙渡湾,为苏河"第六湾",这里是民族工业的辉煌见证。1916年,中国第一家民族电器企业——华生电扇总厂,就建在小沙渡湾的南面。产品远销东南亚各国,成为中国最先以科学方法管理生产的企业。1986年,华生电扇总厂被确定为中国第一批出口基地企业之一。

"小沙渡湾"名字的由来,那要追溯到19世纪中叶。那时,这里有一渡口,名叫小沙渡。1899年,公共租界扩展至小沙渡路(今西康路),渡口南岸形成居民点,亦称小沙渡。因中外资本家纷纷在渡口南岸一带占地建厂造房,20世纪二三十年代,这里已成为沪西主要工业区和工人聚居的地区之一。这里是中国革命火种最早燃烧的城市地区之一。1920年,中国早期著名工运领袖李启汉在小沙渡区域创办了工人半日学校,这是中国第一个由共产主义小组创办的工人学校。中国革命先驱陈独秀、李汉俊、陈望道、李达、刘少奇等都在小沙渡工人区留下战斗的足迹。

小花园湾,也叫"药水弄湾"。这是苏州河"第八湾",其北侧,原有20世纪50年代辟建的普陀公园,因此称为"小花园湾"。

药水弄是上海的著名棚户区之一,位于普陀区内,南为长寿路,北靠苏州河,西邻国棉一厂,东至西康路。由于在苏州河渡口附近建有石灰窑,当时称这一带为灰窑。1907年,江苏药水厂迁建于此。二三十年代,附近工业发展,大量难民进厂做工,并在此处搭棚屋居住。后石灰窑停业,居民又以药水厂名改称药水弄。上海解放前夕,药水弄有居民3000多户,近1.5万人,大都住在竹架草顶、篱笆墙棚屋内,还有矮小的"滚地龙"。弄内没有水、电、下水道。这就是当年上海有名的"三湾一弄"棚户区中的"药水弄",故称为"药水弄湾"。

从2014年到2022年,这八年间,两次漫游上海"母亲河"——苏州河,从水上到岸边,苏河之巨变,给我留下了极为深刻的印象。一脉苏河,延伸着河湾,半岛,船埠,水岸,工业;漂流着传说,故事,记忆,诗文,海派。

我爱你——苏州河!

第六节　在魔都"静态管理"的漫长日子里

2022年的春天,是一个难熬的漫长日子。

一向为世人仰慕向往的魔都,自3月初开始,就伴随着沥沥不停的细雨,传来了一个不祥的消息:上海华亭宾馆由于疫情防控措施不当,造成了不少员工感染新冠病毒,并扩散到他们居住的社区……

听到这一消息,开始我不以为然,心想:上海有一个超级精英组成的市政府管理团队,"瓷器店里能捉老鼠",这点疫情要不了几天就过去了。可后来,来势凶猛的奥密克戎,令我十分吃惊。没几天,它猝不及防地就在徐汇、闵行、浦东等区迅速蔓延。有时在浦东一天就升几百、上千,人们不由得为之心悸。

面对此起彼伏的严峻疫情,上海先是对处于"风口浪尖"的区域实施封控。随着传播区域越来越大,于是便在全市范围内开展新一轮切块式、网格化核酸筛查。从3月28日5时起,以黄浦江为界分区、分批实施核酸检测。封控区域内,暂停公交、地铁、轮渡、出租车、网约车运行。

这是上海有史以来第一次进入"静态管理"状态,一时间,外滩、南京东路,乃至上海所有马路,大街小巷,空无一人。全上海2500万居民,"足不出户",一起居家抗疫。

我所住的小区,地处闵行区与松江区交界处,离最早被"阳"了的九亭镇不远。因此,从3月7日开始,我们小区就进行了全员核酸检测,最先进入封封停停的状态,但这时还未全然实行"足不出户",在小区内还可走来走去。

后来,随着疫情越来越吃紧,封控手段开始加码:先是小区大门封闭,人员只进不出。接着,小区内百米长的商业街所有商铺关停,完全进入"静默"状态。人们这才感到问题的严重性。

时间在一天天过去。开始，大家还自以为封控一两周就可结束，但万万没想到，封控一直见不到曙光。两三周后，因生活物资准备不足，渐渐地，不少人家缺粮、缺菜、缺油盐……老人连吃的药也快用完了。这一件件急事、难事，每一样都事关民生，在煎熬着人们的心。

我和老伴也为此在默默地求解。

冒险：为了生命的"口粮"药

大凡上了年纪的老人，大多都患有慢性病，或高血压，或糖尿病，或心脏病等，每日都要与药打交道。饭可少吃，但药不能断。

我患糖尿病，如果从正式"戴帽"吃药开始算起，也有七年历史了。而事实上——在这以前，我刚退休时空腹血糖就偏高了，体检时达到7.2。不过，饭后两小时，大多在正常范围。当时，我去华山医院就诊，医生说："你现在还不用吃药，但要加强锻炼，同时在饮食上要多加注意，少吃含糖量多的食物。"

打这以后，我一直严格遵照医嘱。十多年间，每年单位体检，血糖指标都变化不大，空腹血糖都在"7.2"与"7.3"间浮动。这期间，我也很忙，全部心思都用在编辑《语言文字周报·双语周刊》上，平日也不去检测血糖。

直到2015年，随着年过七十，我不仅血糖偏高，血压也一直在忽上忽下，有时要超过临界线，这不禁引起了我们全家的重视。于是在朋友的推荐下，夫人陪我去上海同仁医院看专家门诊，分别就血压和血糖挂了两个号。

几天之后，心血管科和内分泌科的两位专家，根据我近几年的体检情况和在同仁医院的检测报告，劝我不能再大意了，光锻炼不吃药不行。于是，我便被戴上了高血压、糖尿病的两顶大"帽子"，我就此每周开始了检测血糖、血压和饭前饭后吃药的一道道"程序"。

这一晃，又七年过去了。这七年，在两位专家的精心医治下，我的血糖和血压都控制得很好：血糖，空腹一直在6.5之内。糖化血红蛋白，三个月或半年测一次，一般为6.6，有时到6.8；血压，也很稳定。从每天吃一粒药，到改为吃半粒药，血压指标都在正常范围之内，很少达到临界线。

"吃药,在于控制;健康,在于运动。"两位专家都这么对我说。为了晚年的幸福,我始终遵照医嘱,坚持锻炼。一年三百六十五天,每天我都要排出时间"走路"。我还在小区会所买了一张会员卡,每两三天游一次泳。近一两年,我又增设了一个锻炼项目:每天起床前,做上一刻钟的"床上操",从头到脚,进行自我按摩理疗,效果还不错。

看病吃药,如今已成了我俩激活生命的常态。这七年来,我一直把同仁医院作为看专家门诊的定点医院,每月一次,除遇重要节日,雷打不动。

2022年3月21日,是我和夫人早就预约好的专家门诊的日子。但天有不测风云,来势汹汹的疫情一下子使我们陷入了危难的境地。

几天前,我们就从每天的早新闻中看到,上海的疫情正处于快速上升的势头,我们周边小区也冒出了不少"野生羊"(阳性)。一个现实问题摆在面前:预约好的21日专家门诊,去还是不去?

思想斗争了好几天,我和夫人考虑再三还是决定:"去!"因为生命的"口粮"所剩不多了。有风险,也要硬着头皮去冒一次险。

同仁医院离我们家比较远,乘公交车有一个半小时的路程。沿途要经过好几个区。为尽量规避风险,这天,我和夫人是全副"武装":戴上口罩不说,我俩还各自准备了一副一次性医用塑料手套。此外,夫人又不知从哪里找出了我多年不用的太阳眼镜。她说:"我们没有眼罩,就用太阳眼镜来代替,眼睛是最易感染的地方,要保护好。"

一切准备就绪,我俩怀着忐忑不安的心情出发了。一路上,几乎没有行人,也看不到私家车,往日繁华的街道,此时完全成了一个冷落的世界。我俩乘坐的公交车,在蒙蒙细雨中不知开了多少站,才陆陆续续上来四五位乘客。我望着窗外,满眼都是横七竖八的铁栏杆和铁丝网护栏,许多商店都关上了大门,四周静得令人窒息。

值得庆幸的是,我们就医的同仁医院,不在封控之列,总算没有白跑。

"邵医生,我今天可是冒着生命危险来看您的门诊的。"我一进诊室就半开玩笑地说。

邵医生见我也戴着同他手上一样的医用塑料手套,又仔细地打量了我一下,含笑地说:"有这么危险吗?"接着,他又补充说:"不过,还是小心一点好。但也不用怕,只要做好必要的防护,不会有问题的。"

邵医生看了看我带去的每周记录的血糖指标,边问边开始放心地为我开着药方。

为防疫情不测,我试着问邵医生,能不能为我配两个月的药。他两手一摊,说:"金老师,不行呀,我要开,电脑也开不出呀!"

"活"路没有了,我也不能为难邵医生。于是,我老伴即刻预约了下个月的专家门诊。就诊日期:2022-04-18。

然而,人算不如天算。我的担心,无情地变成了现实。魔都的疫情依然在扩散蔓延。同仁医院,3月21日以后没几天就关了,4月18日预约的专家门诊,就此泡汤。我的心也一直吊在半空中……

感恩:我俩感受到人间大爱

面对严峻的疫情,子女不在身边,这未免给生活带来诸多不便:蔬菜快没了,药吃不了几天,如今买东西都用手机,可我俩一直怕上当受骗,手机没绑上银行卡,钱快用完了……这事那事,一件件,真好心烦,但又不知疫情何时才是个头,真急煞人!

然而,这两个月来,令我和老爱人想不到的是,人间自有大爱:居委、物业、邻居、管家和志愿者,还有不少幕后的无名英雄,为我们老人送来了阵阵温暖——

家中蔬菜快没了,街道为每家每户送来了"蔬菜大包"。

家中吃的米不多了,政府发来了一袋大米。居委会为照顾老人,还让管家为七十岁以上的长者多送了一份。

住在我家后面的好邻居林老师,见我们家荤菜少,特意分给了我们一大块咸肉和两条带鱼。

同我家一墙之隔的王老师,还把刚从院子里长出来的嫩竹笋,送我们一包。

我俩的老单位——上海教育报刊总社和上海长宁实验小学,也快递过来几大箱保供物资,有牛奶、鸡蛋、猪肉、鸡和新鲜的蔬菜等。

住在我家对面的小曾,一听说我手机上的钱不多了,随即就给我转来了5000元,并在手机上留言:"金大爷,现金您不用着急给我哈!不够,过几天我再打给您!"

…………

当食品源源不断送到家中而无断粮之虞后,我每天要吃的药又快没了,怎么办?常常愁得我脑子发胀。

一天,管家小沈上门送保供物资,我把药要断档的事向她一讲,她下午就帮我到居委会派人去配。

后来,我转而一想:我吃糖尿病的药——沙格列汀片,是进口药,如社区医院配不到,这又怎么办?

我考虑再三,为应付当下之急,便又打电话托小沈去社区商业街还开着的药店,帮我选配一个代替的药品。

但没过几天,就在我对那进口药一点不寄希望的时候,居委会干部突然打电话给我,说我要配的沙格列汀片,九亭镇社区卫生服务中心虽没有,但经商量已作为"延伸药"去市区大医院给配来了。我一听喜出望外,感恩不尽,便连忙骑自行车去领取。

普天之下,还真是好人多,巧事也多。

不是吗?我吃糖尿病的沙格列汀片,刚吃完最后一片,恰好,第二天又接上了,你说巧不巧,一天也没落下。

在这长达两个月的"静态管理"的日子里,我更为感动的是那活跃在小区各个角落的一支支志愿者队伍。他们不顾个人安危,哪里有需求,他们就冲向哪里。

我所住的绿洲香岛花园,是一个综合性小区,占地50万平方米。它由长岛(多层)、星俪苑(双拼别墅)、香岛(高层)三个部分组成。整个小区三千多户,近一万人。在严峻的疫情期间,要实行"足不出户"式的"静态管理",光靠居委会、物业公司那么点人,没有这一支支奋勇向前的志愿者队伍跑前跑后、不计报酬地为大家服务,那是难以想象的事。

这次严峻的疫情,也让我们邻里之间走得更近了。有一件小事,我一直铭记在心。

那是4月中旬的一天。"封控"半个多月了,不少人家的生活物资出现了短缺,特别是蔬菜类,团购也很难。这时,我们小区有人为了自救,想出了一个妙招:何不在自家院子里种点蔬菜? 于是,便在星俪苑群里发了个征求蔬菜种子的"帖子"。没多时,很多金邻热烈响应,在网上晒出了各类家中剩余的种子,有黄瓜、茄子、丝瓜,还有米苋、苏州黑菜等。我也禁不住在网上留言所需要的种子,想不到上午报名,下午就有不知名的邻居托管家把种子送到了我家门口的纸箱子里。

好事容不得半点停留。我随即在院子里开辟了一块小菜园,开始了当年南泥湾式的"生产自救"活动。我还为种下的丝瓜,搭了个牢固而漂亮的大棚。

疫情无情人有情。上海这么大,我们小区也有三千多户近万人。在疫情重压之下,每个人都会有委曲,都会有所不便,心中也会常愁这愁那,但看到居委干部在没日没夜地在为小区居民忙碌,想到在这艰难时刻,志愿者们不顾个人安危在为我们服务,左邻右舍也会为你出手相助,我们还有什么理由怪这怪那呢?

充电:在读书学习中滋养自己

疫情防控期间,足不出户,困在家里,心情不免有点烦躁和郁闷。怎样度过这段疫情重压下的时光? 我想到了读书。

俄国作家赫尔岑曾说过这样一句话:"书籍是最有耐心、最能忍耐和最令人愉快的伙伴。在任务艰难困苦的时刻,它都不会抛弃你。"我反复品味这句话,觉得在疫情的当下,在足不能出户的时刻,这句话更是意味深长。是呵,

在"静态管理"期间为自己充电

读好书,不仅能帮助我们化解抑郁、宽敞心胸,还可以激起我们身上智慧的光芒。于是,我开始静下心来,读书读报,读文学类期刊。

"静下心来",这话也许让人费解:你退休20年了,有的是时间,怎么还"静"不下心来?有时我自己也搞不清楚,整日在忙,为什么总是"静"不下来呢?

"今日得宽余",我在静默中打开了阅读之窗。

我读书向来有一个习惯,就是在"用"中读,在"用"中学。

比如,我当下主编的《上海颐和苑》,为办好它,使之有深度,有前瞻性,我就经常去找这方面的书来读,来学习。几年前,上海三联书店出版社出版的"长命百岁不是梦"丛书,一套6册,我是翻了又翻。

又比如,为了种好颐和苑里的"一份地",我也先后阅读了上海教育出版社出版的一套8本的"新世纪农业丛书",特别是其中的《特色蔬菜》《种植结构及调整》《立体农业》那几本,我是读了又读。

人们常说,书到用时方恨少。我也有这样的体会。

身处疫情重压之下,更应该设法让心情放松一下,于是我想到要读点文学作品,来滋养自己的心灵。因为文学作品,不仅深远、宽广、丰富,而且其内容包罗万象。文学作品中的一个细节、一句话,常能让我们回忆起已经遗忘了的往事,或者某个生活场景。读后,它往往会激起你浮想联翩,使你从中得到启迪,受到教益。

于是,我从书橱里找来了一本本上海作家协会近年寄来的《收获》《上海文学》《萌芽》等杂志,一篇篇地看着。在这段抗疫的日子里,它们陪伴着我度过了这难熬的一天又一天。

在读书、看小说的同时,锻炼身体也是我每天不可或缺的内容。我利用有限的空间,在厅里、院子里慢跑;利用简易的器材,做扩胸运动,增加肺活量。我还不时到院中的"小菜园"劳作,松松土,浇浇水,放松放松心情。菜儿在一天天长大,如今种的米苋早已上了餐桌,丝瓜也已上架开花……

2022年的春天,尽管难熬而漫长,但也给了我和夫人从未有过的幸福体验,因为在这艰难时刻,周围的邻居、志愿者给了我们无限的爱。我将把这生活的涓涓细流,暖人心间的一件件平凡小事,永记心间,勉励自己走好夕阳人生的每一步……

第七节　养花·养鸟·遛狗

我退休后的生活,一直很忙,但忙中也有闲的时候。我把这闲的时光,花在了养花、养鸟和遛狗上。这在有些人看来,也许格调不高,是"玩物丧志"。但我却一直把这看作是养心健身的无声音乐,是紧张生活的一种调节器。我想,人到晚年,生命也许就是在这一张一弛中度过的。

从我夫人住院说起……

健康,是人生的第一财富。

有人说,有两种东西丧失之后才会发现它的价值——青春与健康。

青春,对一个人来说,确实重要。你看,大凡事业有成的人,都无不借助青春年华之时,打下了坚实的基础。这一点我们可从不少名人传记中得到佐证。

但纵观人的一生,我觉得健康与青春相比,更为价高。正如一位名人说的那样,唯有健康才是人生。唯有它,才是人们的追求目标。非此,人之一切就不复存在。

我对健康之认识，早在我退休的前的那几年就有了切身的体会。记忆中，那是1998年，我夫人因患静脉曲张而住院。她开的虽还是小刀，但已给家庭和她个人生活带来了莫大的影响。这时，我才真正懂得：健康的人未察觉自己的健康，只有病人才懂得健康。自此，我便开始注意养心与健身。

养心与健身，我认为这是人保持健康的生命之源。

先说养心。养心，是肉体和精神的最佳卫生法。心康，才能体健。马克思就说过："一种美好的心情，比十服良药更能解除生理上的疲惫和痛楚。"

要保持美好的心情，我觉得一是要淡泊明志；二是要心境平和；三是要注意心理调节，静养心性。人与人相处，总有矛盾相随。但如能豁达大度，与人为善，一切皆能化解。

我在养心上，除努力遵循上述三条原则外，日常主要是以养花、养鸟和遛狗来调节自己的心态。

养花养鸟，调节心态

花，是大自然的精华，是美好事物的象征。养花，能使人赏心悦目，陶情冶性。一天下来，即使有这样那样的烦心之事，但一看到自己亲手培育的花卉，再顺手浇上点水，顿时就会感到心情愉悦，感到安闲、静谧。

鸟，这一可爱的小生灵，羽毛之艳丽，歌喉之动听，观之赏之，既可冶悦性情，又能遣散忧烦，于身心健康大有裨益。

我早在退休前就开始养花、养鸟了。但那时还不成气候，大多是搬了新家，买上一两盆花放在茶几上，或放在阳台边上点缀点缀。有时，朋友来访，送上一两盆花也常会勾起我的兴趣。记得在君子兰风行之时，我也"火"了一把，常往花鸟市场跑，在君子兰摊位前流连忘返，或注目观赏，或问这问那。可苦的是，那时手头很紧，没多少钱，花三四十元都舍不得。为增长这方面的知识，只能去新华书店买几本《家庭花谱》之类的书回来看看。

我养鸟，要远远晚于养花，那是在退休前两年才开始。不过，你一旦喜欢上这小生灵,凡到一个地方,就会四处打听哪里有花鸟市场,想听一听那千差万别而又婉转动听鸟鸣声,然后,回来时再带上一盆喜欢的花卉。

我曾养过两类鸟:一是鸣唱类的画眉;二是学话类的鹩哥。

我最早养的是画眉。

画眉鸟,是鸣禽类小鸟,善于鸣叫。它不但有美丽的羽毛,而且还有得天独厚的歌喉。它鸣叫起来,高亢激昂,婉转多变。它快鸣时,激昂而奔放,似珠落玉盘;它慢奏时,流畅而舒展,如行云流水,声情流利婉转,令人荡气回肠。

在20世纪90年代,我的工资还不高,但为了买一只称心的画眉,常常要想好几天,咬咬牙,因为最一般的一只画眉也要150元左右。

记得当时花鸟市场,那专售画眉的摊位,一眼望去,整面墙上都挂着鸟笼,有上百只,叫声一片。我每每买一只画眉,往往要去好几次,站在摊位前,眼睛盯着一只只鸟笼,看哪一只画眉在叫,一看就是两三个小时。

我还养过鹩哥。

鹩哥,全身黑色,并具有金属光泽。鹩哥聪明、伶俐,能效人言,容易调教,学人语不需捻舌。

我养鹩哥的兴趣,是被它那仿效人语的"短曲"引起的。那时,我到花鸟市场在禽鸟区观赏时,常会听到一声尖细的问话声:"您好!""几点钟了?"抬头一看,原来是那笼内的鹩哥在向来者亲切地问候。这便动起了我养鹩哥的念头。我一问,未经驯养的当年新鸟,价钱也不贵。于是,我便心血来潮地买了一只。听养鸟人说,春、夏季的幼鸟,到秋季羽毛已换齐,从这时开始到第二年的三四月间,调教效果最佳。

为了养好这只鹩哥,调教它学几句人语,我还特地去新华书店买了两本书:一本是上海科学技术出版社出版的《养鸟驯鸟手册》,另一本是四川科学技术出版社出版的《家庭养鸟百问百答》。

养鸟和驯鸟是一门知识性、技艺性很强的学问。我国养鸟的历史悠久,积累了丰富的经验。看了书,我懂得了不少。但凡事看起来容易,做起来难。

为了驯鸟,教它说话,在那些日子里,我几乎每天都要用心去调教几次。但时隔一两个月,都未见鹩哥学会一句人语。

此后不久,上海职教研究所所长邀我领衔任团长带领18位职校校长去德国考察职业教育。鹩哥,便由我夫人喂养。没想到,半个月考察归来,夫人不好意思地说,一次喂食时,它趁机逃出鸟笼,飞跑了,回归了大自然。这不免使我有点扫兴,养鸟就此结束。

我养花的历史从未间断。从20世纪80年代开始,它一直伴随着我的生活。从几盆到几十盆,从一般的草花到市上名贵的品种,成了我晚年夕阳生活难以割舍的一部分。

我最早养花是从阳台开始的。

20世纪80年代初,单位分给我一套位于上海闸北公园对面的两室户的房子,有一个小阳台。这在当时,可是一件了不起的大事,引来了不少羡慕的眼光。

我在这套房子上也下了不少功夫。那时,还没有装修队,买点木料也要凭户口簿。可这一切没有难倒我,我请了一位泥瓦匠,硬是用手在房间里画出一片"木质"地板。卧室虽不大,但窗明几净。不过,装修好后,总觉得还缺少点什么。后来,朋友登门祝贺,送来了几盆花卉,房间里顿觉充满了生气和雅意。这给了我很大启发,于是我在阳台上打了一个铁架子,开始了动手栽花、养花的历程。

阳台,地方虽小,养不了几盆花,但这小小的空间能调节生活。每天晨起或下班回来,我总要动手栽栽花,松松土,浇浇水,在搬搬弄弄中自然活络了筋骨,不免令人神清气爽,心胸舒畅。

我阳台养花前后将近二十年,直到90年代末。当时,手头宽了,我在西郊宾馆对面买了一套带有庭院的低密度房子。于是,活动的空间大了,在三十平方米的院子里,我还挖了一个小鱼塘,旁边种上了一棵苍劲碧绿的五针松,又栽上了点花花草草。顿时,满目招展的花枝,生辉的绿叶,使庭院显得绮丽芳菲,美不胜收。

随着新世纪的到来,生活越来越好。2003年6月,我在一位至交的建议下,将单位分配给我的一套小的三室一厅房子卖了,咬咬牙置换成一套阳光充足、养花方便,且适宜居家养老的住宅。尽管,它花去了我所有积蓄,还向银行贷了款,但回过头来想想,我的人生这一步走得还是对的。它不仅大大地改善了我的住房条件,而且也使我的夕阳生活更加多姿多彩。

我退休后的这二十年,大多生活在这里。

这里,虽离市区较远,但居住环境比以前好多了。有一个近一百平方米的小院子。沿河边,我搭了个"亲水平台"。它为木质结构,三十多平方米,阳光充足,可置放各类盆景花卉;"亲水平台"的北面,是一块四五十平方米的绿色草坪。草坪西侧,我选种了一棵造型很美的红枫,与绿色草坪交相辉映;西边,是一道与邻居相隔的绿色灌木围墙。一眼望去,碧绿可爱,有孕风贮凉之功。沿着这绿色屏障,我用假山石,自己精心设计了一个高低有致的微型景观;北面,则是用铁艺隔成了一个小菜园。当中有一条石板小道,颇有一番田园风味。

这二十年来,我在工作之暇,每天都要在这庭院里花上一两个小时。一早起来,不是打扫庭院,就是动手浇水松土,或修枝剪叶,忙个不停。

如今院子大了,有了施展的空间,我栽培的花花草草,越来越多,其中最多的是三角梅、昙花和白鳞铁盆景。

从2021年开始,我在老同学的影响下,又喜欢上了肉质类植物。有人说,这是职场里白领们的最爱。于是,我也变得时尚起来,

昙花终于一现了

我的多肉植物

一下子培育了二十多盆仙人球。这些仙人球今年已开过几次花了。我儿媳说,花比球大。我说,可惜,花期不长。浇了几个月水,开花一瞬间。尽管如此,我还是不惜把汗水倾注在它们身上。

我养昙花,也快十五年了。2020年,我一株由一片叶子扦插而培育出来的昙花,一次竟同时开了26朵,艳丽非凡,创造了我养花史上的一个奇迹。

昙花,一般在晚上8到12点开,从开到谢只有四五个小时。花,白色,二十余瓣。花径约15厘米,花内有雄蕊,花柱白色多裂,筒部外面还有不少紫色长线状裂片。当花开时,筒部由下垂而翘起。花瓣缓缓张开而颤动,鲜艳动人。

郭沫若先生曾写过一首《昙花》的诗。他在诗中以拟人的手法这样写道:"是的,我们的花时实在是太短,我们只有今宵,不知有明天,要牺牲睡眠,才能和我们见面,落得形成一个成语'昙花一现'。"

养花、养鸟是一门技艺,学问很多。我尽管"混迹"其中一二十年,但至今仍是一个门外汉,知之甚少。究其原因,这大概从一开始,我就是意在赏心悦目,静养心性,而不是其他。

漫步遛狗,陶情冶性

我家养狗,是从2012年3月初开始的。

与别家不同,我家养狗,不是因"宠"而养,而是让它来看家护院的。

这事还得从十年前,我们小区连续发生四五起入室盗窃案说起。

第三章 幸福养老进行时

那会儿,我们小区治安很差,四周围墙很低。小区南面的河道,也没什么防护措施。一时间,隔三岔五地就会发生入室盗窃之事。有一户人家,距我家不远,一天晚上,户主还未入睡,小偷就从车库顶上爬进去,刚要敲开窗户就被户主发现。于是,主人拿起棍棒与之搏斗。小偷做贼心虚,挨了一棒,落荒而逃。主人边喊边追,惊动了左邻右舍。一时间,整个小区人心惶惶。当时,物业也拿不出什么好的措施,仅是夜间增加了巡视。

于是,我们家便想到了养狗。

这时,正好一位邻居的婆家有一窝小狗要送人。他们家养的狗,也是那只母狗生的,我们看看倒不错,很漂亮,虽是草狗,没有什么身价,但看家是一级的,谁要是走近他们家的门口,它就会扑上来,大呼大叫。这正合我们的心意,于是就没多想,托邻居抱了一只雄性小狗回来。

这只小狗出生还不到一个月,全身圆滚滚的,一身茸毛,可爱极了。邻居家的狗叫"来福",我们家的这只小狗是同母而生,于是我的夫人就给它起了个类似的名字,叫"福星"。

"福星"来到我家,我的小孙子也很高兴,常拿着小皮球和我一起训练它。"福星"一见皮球滚得好远,连忙追过去把它衔回来。就这样,一而再、再而三,笑得我们前仰后合。

但养狗也是一件麻烦的事,那就是要遛狗。不过,我觉得遛狗也能陶冶性情。

你看,狗虽不能"言",但主人们一举一动,它都能看得懂。每天一早,当我拿起拴狗的链条时,"福星"就会自动地跳上过道的台阶上,伸过头来,一动不动地让我套上。因为它知道我要带它去外面遛弯了。

要是前面有车子开过来,我喊:"福星,停!"它会立马转过头来,停下,望着我,看着车子开过。

在这一番交流、沟通与互动中,一种成功、欣慰之感在我心中油然而生。这时,我牵着的仿佛不是当初刚抱来的小"福星",而是能和我沟通、交流的生活伴儿。

狗,不但是通人性的,也是有情有义的。

不是吗？你瞧，要是我几天外出，回来一开门，它就会扑上来，抱着我的腿，亲热一番。当我顺手摸摸它的头，它会温顺地一动也不动。

不过，要是它做错事了，我拿着棍子吓它一下，它就会立马缩着头，眼睛瞪得大大的，躲在一旁。

狗的嗅觉和听觉都很灵敏。

不信，你瞧，我每天外出归来，总见它早站在大门口等着我。开始我感到很奇怪，我明明离家门口还有一段距离，在拐弯处它根本看不到，它怎么会早就知道我回来了？这个谜，后来还是我夫人给解开的。她说，"福星"的嗅觉很灵敏，它虽没有看到你，但早就闻到你身上它熟悉的气味了。

狗，更是忠于职守的。

我们家没有装门铃，但门外稍有"风吹草动"，"福星"就冲了出去，狂吠一番，比门铃响得还要快。而且，它一直紧盯着可疑目标不放，直到离开它的视线为止。它睡觉，也是耳朵贴着地面的，哪怕有一点声音，它也能感知到，并即刻发出"警报"。因此，打有"福星"为我们看家护院之后，我们再也没有担惊受怕过。

遛狗，每天一早一晚两次，虽花去了我近一个小时，但在这近一个小时中，我的收获也是满满的。每次，当我牵着"福星"，漫步在小区的步道上，我的心情就格外放松，无忧无虑；偶尔，我还会有机会与来往的左邻右舍在一旁作短暂的交流，此时来自各方的信息，使我进一步感知到社会跳动的脉搏。

这就是我退休之后，每天周而复始的"平"而不"淡"的夕阳生活。

为了健康，为了晚年的幸福，为了全家的平安，我每天就是这样演奏着这一不寻常的"养花·养鸟·遛狗"进行曲。

第八节　生命在运动中焕发生机

早在二十年前，我刚退休的那会儿，常因夫人腿关节疼痛而陪她到上海中医院去看专家门诊。当时,有位老中医挂号的人特别多,常常是一"号"难求,而且要等上一两个小时。我们去得多了,熟了,常会听到他挂在嘴边上的三句话:

"毛病是吃出来的,烦恼是想出来的,健康是走出来的。"

回来路上,我每每回味起这三句话中的一个"吃"字,一个"想"字,一个"走"字,再联系起周边的人和事,仔细一推敲,觉得颇有点道理,字字切中要害。

于是,从那时起,我就在思考着:退休后,如何使自己有一个健康的人生?

从走开始,每天坚持不断

走,人从生下来到一岁左右,就开始蹒跚学步了。走了几十年,谁不会走?但人到老年,要学会走,并且每天坚持,也不是一件容易的事。

走,是有讲究的。要走好,有益于健康,里面还有着许多学问。这位七十开外的老中医曾对我说:走,首先得选一个适宜走的环境。

那车水马龙的街道,既不安全又多灰尘,不适宜走;那噪声嘈杂的工地附近,会令你走得心烦意乱,也不适宜走;还有那菜市场周边,人来人往,更应远而避之。他说,走,要选择一个绿化环境好、清静而又人少的地方。

我很幸运,退休后搬进的新居,地处西郊宾馆的边上,与西郊宾馆仅一路之隔。

西郊宾馆,是上海最大的花园别墅式国宾馆,占地1200亩。馆内,河流蜿蜒,拥有8万平方米的湖面,遍植名木古树。那独具特色的亭台楼榭与小桥流水,浑然一体。

我入住的小区——虹林新苑,位于西郊宾馆的西侧。无论是环境还是景观都是挺不错的。你看——

一进大门,便是音乐喷泉。小区中央,是一大块绿草如茵的草坪,周边还装有健身器材。四层红色的小楼,有序地排列在草坪四周。小区进出道路,也很人性化,车与人各行其道。两旁绿树相映,很适宜早起晨跑的老年人。

高龄岁月

——我的养老生活纪实

在"虹林"这低密度的小区,我度过了十多年时光。

晨跑,是我一天生活中重要篇章。我的作息是很有规律的,大多五点多起床,漱口刷牙洗脸,从五点半开始便沿着小区内的步道先跑上五六圈;然后,便换一个环境——跑出大门,朝着绿树环抱的国宾馆,或左或右,沿着国宾馆周边的围墙,边跑边欣赏着那独具特色的宾馆人文风情。

这里,确实与别处不一样,清静优美。跑着跑着,偶尔一抬头,你会惊喜地发现,几只可爱的小松鼠正在那参天的大树上跳来跳去,仿佛把你带到了人迹罕至的大山深处。

晨跑

这一少见的动态场景,常常会令我在"走"中平添不少乐趣。

晨跑,不仅要选择一个绿化好的环境,而且还要跑得适度。跑多了,过度,往往会适得其反。我的一位中学同学,第一次同学聚会时,他说每天早晨要跑十多公里,而且跑得很快。几年之后,再见面,他就因腿关节受伤,走起路来一瘸一拐的了。

晨跑结束,一般六点半已过。回到家里,我第一件事就是洗个热水澡,在浴缸里美美地泡上二十来分钟。浴后精神焕发,食欲大增。用完夫人准备好的早餐,我便乘车赶往我退休后第二次创业的办公地点——静安寺新闸路上的一座公寓楼,全身心地投入到工作之中,为孩子们编辑《语言文字周报·双语周刊》。

我每天晨跑,一般半个小时,大步慢跑,五六千步,跑到全身出汗为止。

这段不寻常的生活,一直延续了十多年。这一阶段,创业虽很艰难,人少事多,既要注重报纸质量又要关注发行工作,忙得不亦乐乎,但每天晨跑,我一直坚持着,雷打不动。

2016年6月,我和夫人为寻求一种新的退休生活,一脚跨进了颐和苑。这里,绿色的果园、绿色的塑胶健身步道,更吸引了我,我又开始了"走"的新篇章。

不过,好"景"不长。2017年底,我和夫人的退休生活,却又因小孙子读书转学,重新回归到了居家养老模式。

走进"会所",探究科学健身

这里,不是国宾馆旁的虹林新苑,但也是我曾经住过一段时间的一个大型综合小区——绿洲香岛花园。它占地50万平方米,3000多户,近1万人,由长岛、星俪苑、香岛三个部分组成。

这一小区经过十多年的打造,已经比较成熟,既有一条被称为"南京路"的商业街,五六十家商店,日常所需,应有尽有;还有社区卫生服务站,老人不出小区就可配到常用的基础性疾病的药物。吃饭也不用愁,小区物业楼有一个老年食堂,每餐仅15元。

走进小区,让你眼前一亮的是,在林荫大道的尽头,有一座令人瞩目的会所——浦菲优澜健身俱乐部。

这会所,很特别,是一座建在小区河道上的两层建筑。进门便是大厅,宽敞明亮,接待来此健身的会员;厅后,是一个露天的休息场所。中央一个圆锥形的立体水池景观,一到晚上,在灯光的映衬下,显得格外引人注目。

会所两侧,置放着大型的运动健身器械。东部区域,各式各样的跑步机就有二三十部,旁边还有一个专供青少年开展拳击训练的舞台;西部区域,全是美式的用以训练全身不同部位肌肉的健身器械。

二楼,我不常去,主要是女同胞进行瑜伽训练和舞蹈排练的场所。

除了这些,这里,还有一个最令人羡慕的地方,那就是终年对外开放的室内游泳池。

池不大，长仅25米，水深也不过2米，但却为小区业主提供了一个难得游泳健身之处。这一点，很令周边小区的人"眼红"。

这个健身俱乐部，办了好多年了。它之所以能长盛不衰，一个重要的原因，就在于会费公道、适度。我每三年买一次会员卡，最初仅3300元，现在虽涨了，但也不过3800元左右。我算下来，每天仅四五元。游泳、跑步、形形色色的器械锻炼，最后洗个热水澡，这在今天无论如何算是够便宜的了，它无疑适应了当下平民百姓的需求。

有了这样一个好的去处，我便开始考虑要在科学健身方面做点小小的探究。

人老了，一个显著的特点，就是肌肉在萎缩。不仅腿肌一天天在老化，路慢慢走不动了，而且手也乏力，提不起东西了。这是一种自然规律。锻炼健身，就是要延缓这种老化过程，增强肌肉的收缩力和张力。会所，为我提供了一个强身健体的环境和条件。于是，我一步步的小计划开始在会所中实施——

第一步，学会游泳。

我早就听说，游泳是一项全身运动。医生也对我说，游泳能增加肺活量。老年人游泳更不会损伤腿关节。

但我从来未学过游泳。小时候，我生活在农村，我二妈是绝对不允许我到河边去玩的。夏天，更不准下河游泳。

记得有一次，天特别热，树上的知了一直叫个不停。邻居家的孩子都跳到河里去了，有的三三两两在打水仗，有的潜到水底里比赛谁待

游泳

的时间长……我站在岸上，实在熬不住了，就在小伙伴的掩护下，偷偷地下了河。可十分钟还不到，不知谁告了密，我二妈迈着小脚过来了。只见她手里拿了根长长的竹竿，在河岸上四处搜寻我，我从这头躲到那头，结果还硬是被她把我从河中赶了上来。

第二天，跟邻居赵大伯说起这件事，我这才知道，二伯父就是因为年轻时在河中不慎溺水身亡的。二伯父的死，一直刺痛着她的心。她怕万一再出事呀！

就这样，游泳，我在乡下的那十几年里，它一直与我无缘。如今，我只能从头学起。

好在这里有游泳教练。一到暑假，各式各样的游泳班办个不停。于是，我泡在游泳池里，暗暗地盯着教练，看他是如何一板一眼教授的，然后我在池里边学边游。就这样，一天天地学，一天天地练，一个夏天下来，我终于学会了蛙泳。

第二步，开始综合健身。

综合健身，这是我创造的一个新名词。所谓"综合"，就是将跑步、游泳、器械训练这三项运动，每天轮流交叉进行。比如，周一我在会所游泳；周二，我就会在会所器械区，选择不同功能的器械，训练自己不同部位的肌肉；到了周三，我则来到跑步机上，进行30分钟跑步训练。如此轮番交替进行。

这种"综合健身法"，我觉得比单项活动要好。首先，每天轮换着训练项目，不死板，不枯燥，有新鲜感；其次，正因为是"综合"，所以身

器械训练——跑步

体各部位肌肉都得到锻炼,变得强壮而有力。

这一健身法,我已坚持多年,自我感觉良好,我将持续进行。

起床之前,先做一套按摩保健操

人到老年,血管病防治保健很重要。

我在退休前,很少到医院去看病,对血管病一无所知。退休后不久,一件突发的事给我敲起了警钟。

一天早上起床,我突然发现右手的手指有点捏不拢,但过了四五分钟又恢复正常。这种现象,断断续续,持续了好长一段时间,我一直不知所以然。

病因在哪里？我曾先后去华山医院和瑞金医院看过专家门诊,说这是心血管方面的老年病。

后来,为了增强这方面的医学知识,我又特地去新华书店买了一本《血管通——血管病防治保健必读》,回家细读探究。其中有一小段对我很有启发,书中是这样写的:"从主动脉到肢体末梢动脉的'漫长路途'中,任何原因导致任何部位的动脉发生狭窄或闭塞,都会导致末梢脉搏动减弱或消失。"

这段话,我反复看了多遍,从中领悟到:我早上起床后,有时右手指捏不拢,可能跟肢体末梢动脉"发生狭窄或闭塞"有关。如何加以治疗？书中有这样两段"医生的话":

"运动对于维护血管健康大有益处,而且有针对性的血管保健操,更是防治血管病的'法宝'。"

"运动的健康益处颇多,与血管保健相关的,主要表现在三个方面:首先,运动能促进机体血液循环,防止附壁血栓形成;第二,运动能提高高密度脂蛋白胆固醇含量,延缓动脉硬化的发生;第三,运动能改善内脏功能,预防肥胖相关疾病的发生。"

这两段话,一是为我找到了病因;二是告诉我:血管健康是"动"出来的。

那时候,说来也巧,我正好从网上看到一套适合老年人做的按摩保健操。据说,它是钟南山推荐的,我似信非信。但当我仔细研读后,按照前后十节的文字介绍,从头到脚做了一遍,感觉神清气爽,那一次次的按摩,都有效促进了机体血液的循环。于是,我从此开始,便在起床前,先做这一套按摩保健操。

这套按摩保健操对我很有用。那第一节,就是起床后,双手手心相对,来回搓一搓,每天晨起搓上300次,搓到手心发热。

这套按摩保健操,前八节在床上进行,后两节在床下开展。一套做下来二十来分钟,达到了全身按摩的目的,好处多多。不是吗?我多年前早上起床后右手手指捏不拢的症状,经这么坚持不懈地"搓一搓",再也没有出现过。

人老了,各种毛病都来了。不要怕,要勇于在运动中预防化解。专家告诉我四句话,我觉得颇有道理:"管住你的嘴,迈开你的腿,适当用点药,尽量多喝水。"

我愿用这四句话与老年朋友们共勉。

第四章 为"爱"而奔忙

在我书桌上,始终摆放着两本同一颜色、同一名称的聘书——"特约报告员"。这两本不寻常的红色聘书,是由两个单位为着同一宗旨——"关心下一代"而颁发给我的:一个是上海市金山区教育系统关心下一代工作委员会;另一个是上海市新四军历史研究会五师分会。我每每看到这两本红色的聘书,一种"为了孩子"和"关心下一代"神圣的责任感就油然而生:这是历史赋予我们的使命,要时刻记在心中。

第一节 一切为了孩子

2015年8月,习近平总书记曾就中国关心下一代工作委员会成立25周年作重要指示。他语重心长地说:十年树木,百年树人。祖国的未来属于下一代。做好关心下一代工作,关系中华民族伟大复兴。中国关工委成立25年来,为促进青少年健康成长做了大量工作,希望同志们坚持服务青少年的正确方向,着力加强青少年思想道德建设,引导青少年树立和践行社会主义核心价值观,支持和帮助青少年成长成才,团结教育广大青少年听党话、跟党走。广大老干部、老战士、老专家、老教师、老模范等离退休老同志是党和人民的宝贵财富。我们要弘扬"五老"精神,尊重"五老",爱护"五老",学习"五老",重视发挥"五老"作用,推动关心下一代事业更好发展。

2020年10月,在纪念中国关心下一代工作委员会成立30周年的大会上,习近平总书记又强调指出:广大"五老"是党和国家的宝贵财富,是加强青少年思想政治工作的重要力量。各级党委和政府要加强对关心下一代工作的领导,支持更多老同志参加关心下一代工作,使广大"五老"在关心下一代的广阔舞台上老有所为、发光发热,为培养社会主义建设者和接班人作出新的更大贡献。

回顾自己走过的路,我深感责任重大。我自己就曾是一个从穷乡偏僻走出来的穷孩子。在那过去的岁月里,忍过饥挨过饿,在中学读书时还拿过人民助学金,读大学更是一切全免,是党和人民一手把我培养成才的。所以,我打走上工作岗位后,特别是成为一位教育新闻工作者后,我就一直在坚持、在努力为孩子做些实实在在的事。

我几十年来,对青少年工作之所以情有独钟,始终不懈地坚持,是在于老同志的身传言教。

我清楚地记得,在我三十出头,有幸在《上海教育》杂志当一名小记者时,当时与我们编辑部在同一幢"红楼"里办公的,有一位管幼教工作的、被周围同事亲热地称为左大姐的老同志,她一见到我就常问起这样一件事:

"小金,我们什么时候能办一本属于自己的幼教刊物?你有什么困难,我们一起来帮你奔走。"

这位被人称为左大姐的,叫左淑东,是一位老革命,她1948年就加入了中国共产党。

开始,我并不了解,后来见到我们的杭苇局长和吕型伟副局长以及赫赫有名的育才中学的段力佩校长等,这些受人尊敬的领导和前辈,对她都十分尊重,我这才深深感到她不是一位普通的人,一定有着不平凡的经历。

不久,听了局里一位老同志介绍,我才得知这位左大姐24岁就投身革命,历任小学、中学教师,做过教导主任和中学校长。新中国成立后,她肩负党的使命,接管女中,并创办了新中国第一所幼儿师范学校。我夫人徐老师就是从她创办的"幼师"毕业的。如今,我看到她对创办一本属于自己的幼教专业期刊如此重视,并一直在为此呼吁、催促、奔走,这种精神深深地震撼了我。我决心也要像老一辈一样,为了孩子,为了下一代奔走呼号,做点实事。

于是,我肩负使命,又一次以杂志社的名义,从上海幼教事业发展需要的角度打了一份申请报告,盖上市教育局公章,到市新闻出版局、市委宣传部去说明情况,去提出申请,一次不行,两次。公开的刊号拿不到,就暂时申请"内部准印证"。我们一次次奔走,终于感动了"上帝",获得内部刊号。经过近半年的筹备,我们期盼已久的《上海托幼》杂志,就像一个初生的婴儿与读者见面了。时任上海市副市长谢丽娟同志特为该刊题词:"阳光雨露育嫩芽,一片爱心栽新苗。"

我被任命为这本刊物的第一任主编。

从此,我这一生,就与幼教、与中小学教育,凡与孩子有关的事,结下了不解之缘。1989年5月,在"六一"前夕,经上海市妇联推荐和评选,我荣获了市百名儿童少年工作"六一"育苗奖。这是对我当初从事儿童少年工作的一种激励。

2002年10月退休后,我一点也不为"延聘"所动,而是应上海教育出版社社长、总编约请,为孩子们创办一份《语言文字周报·双语周刊》。为了孩子,我不惜一切代价,冒着经济风险,这一干就是八年。这八年,虽非常辛苦,但我的精力没有白花,报纸被国家新闻出版署评为全国优秀少儿报刊。

2016年6月,我和夫人入住了上海颐和苑,本想在这里安度晚年,但使我不曾想到的是,在创办《上海颐和苑》杂志的过程中,作为苑刊的执行主编,在一次次采编中,颐和苑给我留下了深刻印象。我发现,它好比一座富矿,有着丰富的人文资源。据统计,在一期入住的596位长者中,中共党员就有187位,其中50年党龄以上的就有109位。我在采访中获悉,他们中有的参加过解放战争,有的参加过抗美援朝战争,更有不少在社会主义建设和改革开放中作出过贡献,立过功,受过奖。

为把这些宝贵的资源挖掘出来,将来更好地为孩子们服务,传承共产党人的精神血脉,编辑部经研究决定,在新中国成立70周年的前夕,开展一次征文活动。

一个多月后,我读着那一篇篇来稿,那充满着血和火的文字,时时在震撼着我的心灵。我读着读着,决定和读写组的同志编写一本书,作为一份厚礼献给颐和苑开业五周年,献给从事于养老事业的人们和我们未来的下一代。于是,我又开始奔忙起来。

两张聘书

特别是我被聘为"关心下一代"的"特约报告员"后,为孩子们服务的机会就更多了。在 2023 年 7 月 18 日颐和苑隆重举行的纪念抗美援朝战争胜利七十周年志愿军老战士座谈会上,我特意请金山区教育局邀请 18 位中学生共产主义学校学员和 7 位西林中学初中的孩子,来现场聆听 7 位志愿军老战士讲述当年在朝鲜战场上浴血奋战的故事。我还约请 7 位少先队员在配乐朗诵《谁是最可爱的人》后,给 7 位志愿军老战士佩戴鲜红的红领巾,以表示要赓续红色血脉,厚植爱国情怀,为实现中华民族伟大复兴的中国梦奋勇向前。

第二节　走近"五老",挖掘红色资源

这里确是一座深藏红色资源的"富矿"。

每天,当我同擦肩而过的老人打声招呼,或停下来聊上几句,我就会发现:从他(她)的谈吐中,从他(她)讲起过去的三言两语中,大多有着不一样的人生经历。有时,还会令我回过头来,怀着敬意多看上几眼。

写下曾经的岁月,曾经的自己

记得我入住颐和苑没几天,就意外地发现,住在我们家隔壁的柳老师,退休前曾是第二军医大学学员队政委,是副师级干部。他是从童工成长为新中国第一批舰艇水兵的,二十多年的军旅生活,有着不少精彩的故事。

而住在我们家对面的两位八九十岁的老夫妻,平时一直不声不响,后来老柳告诉我,他俩过去都是新四军的老战士,曾在我的家乡打过仗。一天,我特意到他们家聊天,他俩那过去的岁月,不禁令我肃然起敬。我当时就想,要是能把这些故事一一写出来,那对我们青少年教育是一笔多么宝贵的精神财富!

走访有着66年党龄的百岁老人(柳志康摄)

在我开始担任苑刊执行主编后,有机会接触更多的老人。在一次次采访中,我发现,在已入住的离退休人员中,无论是教师、军人,还是医务工作者,或来自政府部门的公务人员,他们在那过去的激情岁月里,都有着闪光的年华,在各条战线上为新中国作出了应有的贡献。

在这颐和苑究竟蕴含着多少精彩?深藏着多少故事?我向苑领导打听,他们手中也没有资料。于是,从那时开始,我就萌发出要多走近这些老干部、老战士、老专家、老教师和老模范,挖掘这笔不可多得、不可或缺的珍贵的红色资源,要充分运用手中的苑刊,积极发动大家一同来挖掘,一起来叙写,把这笔开采出来的宝藏留给我们的子孙后代。

不久,机会终于来了,老天爷为我打开了一扇"窗"。

那是2019年深秋。读书写作组组长毕文杰等几位骨干,设计了一次去常州、扬州的文化之旅。我便把旅游和苑刊每年召开的一次研讨会有机结合起来,在途中适时召开了第三次苑刊研讨会。我在会上正式提出一个倡议:"推进企业文化建设,弘扬颐和人的精神,挖掘颐和苑的文化瑰宝"。我们颐和苑的领军人物周保云理事长获悉这一消息,也特地从金山开车赶到常州,对我在会上提出的这一倡议表示大力支持,并发表了热情洋溢的讲话。他还赞同出一本书,写一写我们颐和人的故事。

为实现这一目标,在2020年4月,苑刊又先后两次召开动员大会,周保云理事长都亲自参加,要求员工和采编人员走近长者,拧成一股力量,凝成一个决心,用心、用情、用笔在颐和苑这片热土上,把深藏的宝贵财富挖掘来。

就这样,在周理事的大力支持下,一种心声,汇成了一股力量。颐和苑上下,从长者到员工,一个个都行动起来了,他们重挥笔墨,回忆人生,写下了曾经的岁月,曾经的自己。不少八九十岁的长者,岁数大了,自己动手写有难度。但这没有难倒颐和人,读书写作组的毕文杰、周景新、张石山、姜树林、余君伟、李胜华、王丽民等老师,他们分别走访在老人中间,听讲述、做记录,用他们的笔替老人写下了精彩纷呈的人生。

功夫不负有心人。经过三个多月的努力,一本光彩照人的《生命之歌》

诞生了,她成为颐和苑要打造的"百年老店"的最厚重的一块基石,更成为教育下一代最感人的篇章。

"采矿"还是序幕,接下来,颐和人还要把这里打造成青少年红色传统教育的基地。

尽管,随之而来的新冠疫情影响了颐和苑红色资源的开采与利用,但我们的脚步并没有停止。

2021年5月8日,苑刊编辑部在金山廊下博海农艺休闲苑召开第四届研讨会,会上,专门就"如何进一步挖掘红色资源,全方位打造青少年红色传统教育基地"展开了深入探讨。金山区教育系统关工委有关领导也出席了会议,并讲了话。会上,我作为苑刊执行主编作了主题发言,提出了两点"思考"和六条"建议"。

我的思考与大家的共识

我在会上作主题发言之前,特别指出,这要感谢周理事长对颐和苑的精准设计,因为这一设计,它所面向的入住老人正好是我们建党100年来在各个不同时期富有独特经历和闪光年华的长者,在他们身上蕴含着丰富的红色资源;而这笔红色资源也正好是我们当前对青少年进行传统教育的紧缺资源。因此,从这个意义上来说,周理事长这五年,不仅为养老事业作出了贡献,被评为全国敬老爱老助老模范,同时他也从另一个侧面为培养下一代作出了贡献。

接着,我就"全方位地打造青少年红色传统教育基地"的问题,直奔主题说了自己的思考。

首先,我们对正在开展的挖掘红色资源的认识要有紧迫感。

这是一个非常现实的问题。在我们入住的颐和苑,红色资源非常丰富,从目前苑方提供的有关数据来看,一期入住的596位长者,中共党员就有187位,其中50年党龄以上的就有109位。这109位具有50年以上党龄的老同志,他们过去在不同历史时期和各自不同的岗位上都作出了杰出的贡献。他们不畏艰难困苦、甘于奉献牺牲,用生命、汗水、智慧浇灌出了壮丽的史诗。然而,他们毕竟都老了。从目前入住颐和苑7名志愿军老战士来看,年龄最小的韩品连长者也已88岁。年龄最大的朱甲周长者,已96岁。这7位老战士中,有荣立战功的战斗英雄,有在上甘岭战役中救死扶伤的医护人员,有战地为士兵演出的文艺兵,但体现在他们身上的弥为珍贵的精神财富,我们知道得太少了。他们的英雄业绩也很少在苑刊上发表出来。去年10月刚出版的《生命之歌》一书,其中刊载出来的仅是冰山一角,许多还没有发掘出来,再不抓紧挖掘,我们就要后悔莫及。因为人总是要老的,即使百岁能有几个？时不我待,我们一定要有紧迫感。这里,我不妨再举个例子。我们苑里,过去有一位长者叫徐人定,是一位老党务工作者。在《生命之歌》一书向大家征文时,时年89岁的他也写了一篇讲述自己工作生涯的文章,可令人遗憾的是,《生命之歌》即将问世时,他却撒手人世,悄悄地走了。幸亏《生命之歌》为他留下了足迹。所以,我们一定要有紧迫感,这是历史赋予我们的一笔财富。我们要珍惜,要努力发掘,为这些有功之臣树碑立传,用他们的精神财富去教育后人。

习近平总书记最近指出:"在一百年的非凡奋斗历程中一代又一代中国共产党人顽强拼搏、不懈奋斗,涌现了一大批视死如归的革命烈士、一大批顽强奋斗的英雄人物、一大批忘我奉献的先进楷模,形成了一系列伟大精神,构筑起了中国共产党人的精神谱系,为我的立党兴党强党提供了丰厚滋养。"如今,这一批批英雄人物、先进模范,他们大多离休了,退休了,一个个都上了年纪,但他们的英雄模范事迹不少还不为人所知,我们一定要尽快地抢救这笔精神遗产。

人无精神不立,党无精神不兴,国无精神不旺。我们要从精神维度,把握青少年的红色传统教育,筑牢信仰之基,补足精神之钙,把稳思想支柱。

参加苑刊第四届研讨会

其次,我们对青少年进行红色传统教育的重要性要有充分而深刻的认识。

我们这一代人,都是在拼搏奋斗中成长起来的。在党的多年教育中,通过自己的亲身实践,能较深刻地认识红色政权来之不易,新中国来之不易,中国特色社会主义来之不易。我们入住颐和苑的不少长者,亲眼目睹过人民群众用小推车推出了淮海战役的胜利,用小船划出了渡江战役的成功。新中国成立后,为保家卫国,我们颐和苑就有7位长者积极参加伟大的抗美援朝战争。但我们正在中小学读书的年轻一代,他们对此知之甚少,知道的也大多是从教科书上得来的。对此,我们一定要有足够的认识,要把对青少年进行红色传统教育的这项任务提高到战略的高度。要使青少年在传承红色基因中赓续共产党的精神血脉。要让红船精神、井冈山精神、长征精神、延安精神……一个个耳熟能详的精神标识,以及生活在我们身边的英雄、最可爱的人的精神品质,成为青少年学习的最佳营养剂。

各位领导,各位长者,历史、现实、未来的是相通的,历史是过去的现实,现实是未来的历史。我们回望过去的奋斗路,正是为了让青少年走好未来的奋斗路。这一点,我们教育界的朋友——金山教育局的领导同志的认识比我们要更深一层。半个多月前,当他们看到颐和苑有着如此深厚的红色资源,就立马行动,随即派来了各个层面的干部与颐和苑相关层面对接。几天前,区教育工作党委又与颐和苑老年服务中心就开展共建活动方案进行了磋商研究,其中包括"党支部结对共建""红色故事宣讲活动""团员青年志愿队服务活动",以及为颐和苑长者服务的相关扩展类活动。金山区教育工作党委对在青少年中进行红色传统教育,重视程度之深、行动之快、扩展面之广,完全出乎我的意料。这进一步鼓舞和增强了我们把颐和苑打造成青少年进行红色传统教育基地的信心和决心。我相信,有了双方真诚合作,颐和苑既可成为幸福养老的天堂,又可成为培育青少年不可或缺的阵地。

我的主题发言结束后,接着,与会者围绕研讨会主题,展开了热烈的讨论。周副总说,目前颐和苑600位住养长者中,有的是近一个世纪历史的见证者、书写者、开创者、建设者,是民族的脊梁、时代的英雄、祖国的骄傲,是爱国主义教育最生动、最直接的教材,更是最弥足珍贵、不可替代的红色资源。颐和苑真的可以说是一座宝藏、一座金矿!

读书写作组组长周景新老师在发言中指出,颐和苑内汇聚了各类革命人士,把这些红色资源整合起来,传承下去,是新时代发展的需要,也是颐和苑企业发展的一个需要和体现。她还就如何把颐和苑作为"幸福养老"基地与"青少年红色教育基地"有机地结合起来提出了自己的建议。

过去一直从事高等教育工作的孙育玮老师说,颐和苑集中了相当一批德高望重、饱经风霜的老人,这里有如"富矿"一般的独特优势。"打造青少年红色传统教育基地"这件事,不但要和我们颐和苑幸福养老的建苑初衷在深层理念上紧密对接,还要和我们颐和人立志用"3—5—8年"争创"区—市—全国"精神文明单位的奋斗目标有机结合。基地的建立是一个长远的规划,需要颐和苑和金山区教育局两个建设主体统筹协作、携手共建,应拟定一个明确、规范、可操作、可执行的共建协议。

住养老人委员会主任赵自勉老师接着讲了三点意见，一是颐和苑大力开展红色传统教育是有必要的，这和幸福养老的建苑初衷以及争创全国精神文明单位的目标是一致的；二是红色教育除了革命历史教育、党史教育，艰苦创业、德智体全面发展也要包含在内；三是我们颐和苑应该做青少年红色教育积极的倡导者、鼓吹者、参与者，但不一定要做领导者，事事都由我们主导。

多媒体组组长余君伟老师说，如何将幸福养老和建立红色教育基地有机地结合起来，相互促进，融为一体，这是一个值得研究的课题。建立红色教育基地，不但要与青少年教育结合起来，而且要与员工的培训教育结合起来，要与长者（包括养老、养护、护理）的幸福感结合起来。

金山区教育系统关工委常务副主任林乃华的讲话，用五个"很"给予了颐和苑莫大的肯定：一是很幸运：红色教育基地即将崛起，培育青少年接受革命文化熏陶；二是很振奋：颐和苑是一座金矿，苑内红色基因璀璨丰富，文化氛围十分浓郁，教育情怀依然自热，奉献精神依然昂扬；三是很敬佩：养老之年的长者还心系教育事业；四是很难为情：千里马常有，而伯乐不常有，曾来苑四次，未发现这里有这么多红色资源；五是很有信心：在大家的努力下，颐和苑一定会成为红色教育基地。在党委的支持下，一定能将红色传统弘扬好、传承好。

最后颐和苑理事长、苑刊主编周保云先生讲话。他说文化是一个传承的过程，传承就要有记录。回首苑刊创办四年多来，共编辑出版了18期和两本书。苑刊是文化的载体，是颐和文化得以形成、传播和继承的重要途径与手段。他感谢大家提出的建立红色教育基地的设想与努力，他指出，青少年红色教育是一项政治工程、战略工程、系统工程，要把红色资源利用好、红色传统发扬好、红色基因传承好，我们要充分发挥金山区教育局和颐和苑的特长和优势，在养老的氛围中，使得我们的老干部、老战士、老专家、老教师、老模范的红色资源变得鲜活，让革命事业薪火相传、血脉永续。

周理事长最后指出，要以"幸福养老"和"创建全国文明单位"作为颐和苑文化主线,与红色教育基地、华侨养老基地、军人休养基地有机结合,除了需要总结苑刊四年多来创办的经验,还要在下一期的苑刊内开辟红色文化传承的专栏,开辟创建全国文明单位的专栏,将这两项工作深入推进下去。

搭个平台,为苑内员工开展红色培训

对"五老"的最高的尊重,是弘扬他们的精神,传承他们共产党人的血脉。为了让革命事业薪火相传、血脉永续,我们觉得有必要对苑内员工进行红色资源挖掘的培训。

2021年5月11日,一场主题为"追寻红色足迹,增强敬老爱老助老的服务意识,用青春和热血谱写养老事业新篇章"的员工红色培训专场,在上海颐和苑二期多功能厅隆重举行。

这次红色培训,别开生面,不是采用报告式,而是采用访谈式展开的。

这是因为,这里的长者,无论是老战士、老干部还是老专家、老教师、老模范,年岁都很大了,讲话时间不宜太长。有的人,事迹虽很感人,但往往不善于表达。怎么培训才会收到好的效果呢?我一直在苦苦思索着。

记得在那段日子里,我和读写组组长周景新老师,商定好培训主题后,曾一连几天,走门串户,跑了好多长者之家,倾听他们那战争岁月的闪光人生,寻求他们各自谈话的切入点,同时约定培训的宣讲内容。最后,我俩经研究决定,邀请三位年轻的员工们认识但又不熟悉的老战士,由我以苑刊执行主编的身份,在台上采用访谈的形式,主持这场红色培训。

那天,培训一开始,我首先引用了苏联作家奥斯特洛夫斯基《钢铁是怎样炼成的》一书中的一段催人奋进的名言,拉开红色培训的序幕:"人的一生应当这样度过:当回忆往事的时候,他不至于因为虚度年华而痛悔,也不至于因为过去的碌碌无为而羞愧;在临死的时候,他能够说:'我的整个生命和全部精力,都已经献给世界上最壮丽的事业——为人类的解放而斗争。'"

台下的员工望着打出的字幕,一下子陷入了沉思。

然后,我各有侧重的,采用不同的方式,让三位在战场上立过功获过奖的老战士分别为员工讲述自己的红色故事,重温那段鲜活的红色记忆。

第一个登场的是93岁的长者、志愿军老战士——游于禄老先生。

为使大家更了解这位九死一生的钢铁战士,我首先邀请曾采访过他的周景新老师,把他的传奇人生作简要描述:

"1947年,年仅19岁的游于禄满怀激情地参了军,第二年加入中国共产党。在解放战争中,他跟随部队南征北战,先后参加了洛阳战役、开封战役、淮海战役、渡江战役、上海战役等五次重大战役。后又参加了抗美援朝作战。他经历了几十次战斗,九死一生,先后立二等功两次、三等功两次。他入党72年,在工作岗位上42年(部队32年,地方10年)。他把自己的一生都奉献给了中国人民的解放事业及社会主义建设事业,他不愧为共和国的老战士、老英雄,人民的功臣。

"总结自己的一生,游于禄老人最深的体会是:不忘历史!不忘战友!不忘传承!他说,每一次战斗、每一个战功、每一位牺牲的英雄及活着战士都是一座丰碑、一部史册、一个传奇、一种力量,他们体现的是一种中国人不屈不挠的精神,后人要把这种精神永远传承下去。"

周景新老师生动而又富有内涵地介绍后,游于禄——这位志愿军的老战士充满激情回顾了我们伟大的中国共产党建党100周年来的丰功伟绩。他在谈到颐和苑走过的五年历程时,特别赞美颐和苑一群朝气蓬勃的青年,说他们是建设的主力军。他希望员工努力工作,为颐和家园的发展倾注自己的精力和热情,把颐和苑建设好,这也是为实现富民强国的中国梦作出了贡献。

这是红色培训的第一章节。

接着,作为培训的主持人,我又与曾参加过上甘岭战役的英雄——文兴惠老人,以对话的方式,面对面地进行"心灵沟通",让台下的年轻员工认识一下这位他们天天见面,但又不甚了解的抗美援朝中的巾帼英雄——88岁的文兴惠。

1949年12月重庆解放,15岁的文兴惠响应祖国号召,参加中国人民解放军,在12军卫校学习。1951年初,她随志愿军部队入朝,担任战地医院护士。她经历过多次战斗,最惨烈的是上甘岭战役。当时,敌人的飞机黑压压地一大片俯冲下来,飞砂走石,气浪呛人,焦土没膝。她和战友们一起,奋不顾身地抢救伤员。她年龄小,个子矮,只能将伤员背在肩上拖着走。

在战地救护中,她英勇顽强,不怕牺牲,救死扶伤,在火线上,入了党,荣立三等功。

回国后,她一直在部队工作,直到退休,把自己的青春年华都献给了祖国的国防事业。她说:"我要跟着党旗的指引,永不掉队。"

会场的气氛越来越活跃。此时,王礼炳老人站起来自述了他的人生故事。

王礼炳14岁入伍,在革命部队里生活了33年,一直从事文艺创作和演出工作。

从福建的前沿阵地到对越自卫反击战的前线,每到一处,他就深入连队,和战士们吃住在一起,战斗在一起。他拿起文艺的武器,自编自导了大量的文艺节目,为战士们进行战地演出,宣传了部队的政策,反映了战士们的精神风貌,极大地鼓舞了士气。

他曾被评为"学习毛主席著作标兵",立过4次三等功,成为全军优秀文工团员;在北京人民大会堂的主席台上,他曾受到党和国家领导人的亲切接见。他先后有6个文艺作品获得军区的奖励,2个作品获得全军优秀作品征文奖,1个作品在全军文艺汇演中获优秀节目奖和表演奖。

在讲述的间隙,王礼炳老先生还声情并茂地为大家表演了一段曾在炮兵阵地上自编自导的山东快书《空城计》,博得一片掌声。

故事结束了,台下年轻员工的心情还久久不能平静。以往的英雄往往在小说中,在银幕上,而今天,英雄就在他们身边,近在咫尺。这不能不让人感到特别亲切,肃然起敬。带着全体员工的敬意,颐和苑总经理Lene女士、副总经理Rikke女士、副总经理周菊贤女士为三位嘉宾敬献鲜花,感谢他们为国为民作出了不可磨灭的贡献。

红色培训会场

三位嘉宾情真意切的宣讲，使与会者身临其境地经受了一次深刻的党史国史的教育。员工们纷纷表示要珍惜革命前辈用鲜血和生命换来的幸福生活，在本职岗位上，敬老爱老助老，用青春和热血谱写养老事业的新篇章。

第三节　使命：在关心下一代的舞台上发光发热

入住颐和苑的老人越来越多，从一期到二期，集中了一批德高望重、饱经风霜的老人，据最新的不完全统计，目前苑内800多位住养长者中，有离休干部20人，退伍军人68人，中共党员285人，中小学教师和大学教授207人。颐和苑这座"富矿"随着事业的发展也将越来越丰富。

聆听革命故事，记下峥嵘岁月

2023年7月，在迎接抗美援朝战争胜利七十周年的日子里，苑里决定举行一次"志愿军老战士"座谈会，入住在颐和苑的志愿军老战士有7位，还有5位志愿军老战士的遗属。

这7位志愿军老战士年龄都很大了，为开好这次座谈会，我作为苑刊执行主编，决定协助苑里事先搞一次登门采访，为会议的顺利召开准备第一手资料。

7月15日一早,我便约请苑内柳老师、印老师和毛老师三位长者和苑刊编辑部的沈洁,还有金山区教育局的小傅老师,一行6人,开始按事先约好的时间,一一上门拜访这7位饱经风霜的可敬可爱的志愿军老战士。

我们在采访中,边问边静静地听着。那一个个刻骨铭心的战斗故事,那勇挫强敌的昂扬斗志,顷刻间,把我们带回了70年前那段硝烟弥漫的岁月。他们的事迹,他们的英雄壮举,深深地震撼了我的心灵。一个个故事,就是一座座丰碑,一个个人生航标,是永远值得我们铭记在心的。

93岁高龄的徐钤老师,是7位老战士最早入朝的一位。在朝鲜战场上,他参加过长津湖战役,荣立三等功。

他所在20军在抗美援朝的第二次战役中是主攻部队,曾在长津湖歼灭了美军王牌陆战一师一个团。但战争是残酷的,在那寒冷的朝鲜战场,不少战士冻死、战死。他告诉我们,抗美援朝战争是一场不能不打的战争。它的胜利,带给我们的是民族的自信。这是一场立国之战,它洗净了我们百年屈辱,我们从未如此扬眉吐气。

老战士游于禄老师已95岁高龄,这位在解放战争中参加过五次重大战役、参加过抗美援朝战争的共和国老战士、老英雄,在淮海战役荣立二等功一次、上海战役荣立二等功一次、抗美援朝荣立三等功两次。游老师一生最深刻的体会是三个"不能忘记":一是"不忘历史";二是"不忘战友";三是"不忘传承"。

90岁高龄的文兴惠老战士,我曾采访过她,对她比较了解。她参加过金城狙击战、上甘岭战役救护工作,荣立三等功。她的好友、住苑长者陆华珍老师说,她一直在部队工作到退休,把自己的青春年华都献给了祖国国防事业。

快90岁的郭兆礼老先生,1954年7月,因工作成绩突出荣立三等功一次。

当年他所在的是高射炮兵第506团,是保卫鸭绿江铁路桥的。他亲身参与了击落三架敌机的战斗。这场空前绝后的战斗,成为不可复制的"神话"。

封星明老战士，1949年参军，1952年2月跨过鸭绿江来到朝鲜战场。一见面，他就向我们讲述了当年他怎么配合侦察兵抓敌军哨兵的故事。他参与抗美援朝两次战斗，1954年在朝鲜因防御任务完成优秀，荣立三等功一次。

朱甲周老战士，1950年2月参军，是炮兵第16团的文艺兵。在抗美援朝中荣立三等功两次、四等功一次。他是7位老战士中年龄最大的一位，已达97岁高龄。

最后一位，是我们的"韩司令"——韩品连同志，荣立三等功一次。他是7位老战士中年龄最小的一位，不过也已88岁了。他是金山枫泾镇人，当时入伍的部队是63军188师。当时，他是一个只有17岁的步兵战士，参与了最后一次抗美援朝战斗。当年他报名参军，连父母都瞒着，是不告而别。

在5位志愿军遗属的名单位中，有一位叫闫俊的长者。她与志愿军战士王大均的爱情传奇故事十分感人，充满着爱国爱党的情怀——

那是1953年夏，闫俊刚升入河北廊坊中学不久，安次县女县长林凤作为赴朝慰问团的成员，出行之前来学校作报告。她向同学们讲述了志愿军战士浴血奋战的英雄事迹，号召大家写慰问信，由她带到朝鲜前线，交给最可爱的人。

闫俊的信来到战火纷飞的朝鲜战场某高炮阵地，分到了副指导员王大均的手里。他很快就回了信，从此两人开始长达4年的通信。

开始，王大均以为闫俊是一个男孩子，便对其倾注了大哥哥般的关爱，并且还把一本崭新的《庆祝中国人民志愿军出国两周年纪念册》寄赠给她。及至后来两人交换照片，大哥哥才知道小弟弟原是一位妙龄少女，从而萌生了情愫。

1957年夏天，19岁的闫俊来到王大均所在的海防前沿阵地，两人举办了简朴的婚礼。想不到结婚的仪式刚结束，敌炮打过来了。炮弹一炸，新郎立即向炮位跑去，经过新娘身边，还冲着喊："敌人放爆竹为我们祝贺了！"这是何等慷慨激昂的革命英雄主义、革命浪漫主义和革命乐观主义情怀啊！

第四章 为"爱"而奔忙

座谈会现场

  2023年7月18日下午2点，颐和苑特地组织召开了"纪念抗美援朝战争胜利七十周年志愿军老战士座谈会"。颐和苑理事长周保云先生，党总支书记、副理事长陆林平先生，党总支副书记周菊贤女士莅临活动现场。金山区西林中学师生、金山区中学生共产主义学校学员来到颐和苑与长者们一起聆听志愿军战士讲述那一段峥嵘岁月。

  西林中学的小朋友为老战士们准备了配乐朗诵，致以最崇高的敬意。

  会上，张堰中学学生代表沈睿毅，致敬最可爱的人。他说：

  "岁月如烟，它可以淹没生命，却无法淹没历史的记忆。70年来，英雄们的故事和精神在神州大地发扬光大。他们是抗美援朝的见证人，他们背后都有一段段生与死的感人故事。在他们的讲述中，我们仿佛穿越时空，回到了炮火连天的朝鲜战场，脑海中浮现出一个个最可爱的人的鲜活面孔，响起了一首首荡气回肠的英雄赞歌。

  "一代人有一代人的机遇和机缘、使命和挑战。作为新时代的我们，祖国的未来将由我们创造，民族复兴的重任扛在我们肩上。抗美援朝精神始终激励着一代代中华儿女奋勇向前，让青春在奋斗中绽放绚丽之花。"

高龄岁月
——我的养老生活纪实

会场上学生在朗诵,致敬最可爱的人

和平早已到来,但英雄从未走远。那些动人的事迹感动着在场的每一位,他们的精神在时序更迭中熠熠生辉,指引着我们奋发前行。和平来之不易,我们须永记不忘。

"基地"的揭牌,打开了"传承"与"奋进"的大门

"薪火相传守初心　携手并进启新程"——2023年7月28日上午9时,上海颐和苑老年服务中心在二期多功能厅隆重举行了"金山区学生社会实践基地"揭牌仪式。屏幕上打出的这两行大字,突显了"学生社会实践基地"设立的重大意义,它不仅揭开了"传承"与"奋进"的大门,也让老一辈传统精神与新时代创新理念相接。

坐在揭牌仪式台前的主要领导有金山区教育工作党委书记顾宏伟、团区委书记王民民、区创城办综合工作组副组长刘伟伟和上海颐和苑老年服务中心理事长周保云、副总经理周菊贤等。这些领导的出席,标志着金山区相关部门对"为党育人、为国育才"的高度重视,在共同携手推进传承红色基因工作,为青少年健康成长擎起一片蓝天。

这天,对颐和苑来说,是一个特别庄重的日子,因为"基地"的揭牌意味着"学生综合素质、实践能力、创新精神",将在颐和苑这个有着丰富的育人资源的"平台"上得到进一步提升。仪式开始,象征着国家的中华人民共和国国旗,在上海市罗星中学国旗班的同学们护送下,进行了隆重的出旗仪式,并奏唱了国歌。"基地"就此拉开序幕。

在揭牌仪式上,作为上海颐和苑老年服务中心的领路人、幸福养老道路上的永久探索者、理事长周保云登台进行了慷慨的致辞。

他在致辞中表示,颐和苑集中了一批德高望重、饱经风霜的长者,他们是我们的楷模,是颐和苑的财富和宝藏,更是民族的脊梁、时代的英雄、祖国的骄傲!

他还表示,做好关心下一代工作,关系中华民族伟大复兴。广大老干部、老战士、老专家、老教师、老模范等离退休同志是党和人民的宝贵财富。我们要弘扬"五老"精神,尊重"五老",爱护"五老",学习"五老",重视发挥"五老"作用,推动关心下一代事业更好发展。

他最后说,"少年强则国强",颐和苑作为"金山区学生社会实践基地",希望能为我们下一代讲好红色故事、传承红色基因做好相关工作,相信颐和苑不但会成为老年人群"幸福养老"的福地,更会成为培育青少年不可或缺的阵地!

在揭牌仪式的最后,金山区教育工作党委书记顾宏伟作了讲话。他说:"本次学生社会实践基地的设立,旨在响应国家号召,提高学生综合素质,培养实践能力、创新精神,以及加深大家敬老爱老的传统理念。在这个平台上,同学们可以亲身体验社会、企业的运作,感受长辈们当年艰苦奋斗的革命精神,倾听几十年风霜打磨过的故事,学习数十载雨露积累起的经验,以此进一步去提升自己。"

他接着表示,每一位青年学生、老师,都要知道今天的和平、幸福生活来之不易。颐和苑承载着很多中华民族优秀的传统文化,对设立学生社会实践基地别有意义。建设教育强国是全党全社会的共同任务。

揭牌仪式

在揭牌仪式上,"五老"代表、原第九届全国政协委员、原拉萨市实验小学校长、颐和苑住养委员会主任叶静进行了发言。

她在发言中表示,青少年是祖国的未来,民族的希望,青年强,则国家强,做好关心下一代的工作关系到中华民族伟大复兴。颐和苑蕴含着丰富的红色资源,入住颐和苑的是来自各个不同时期、富有独特经历和闪光年华的长者,他们是一群不畏艰难困苦,甘于奉献牺牲,用生命、汗水浇灌出壮丽史诗的人。

为做实做好下一代青少年红色传统教育基地这项工作,叶静提出了四点建议:

一是组建一个专门的班子负责谋划统筹此项工作,有计划、有实效地对青少年进行红色传统教育。

二是将《生命之歌》一书中生动的事迹改编成通俗易懂的故事,以不同形式将长者们的光辉历史传播到青少年中去。

三是组织"长者讲师团"或"主题团课"解读真实感人的建功故事,厚植青少年对党的忠诚。

四是定期开展长者陪伴日活动,通过聊天、读报、做手工等活动让长者享受天伦之乐,让孩子们学会孝道。

叶静老师提出的编写红色故事、讲好红色故事、传承红色基因,这是摆在我们面前的一项刻不容缓的重大任务。为把颐和苑打造成青少年红色传统教育基地,我们苑刊曾制定了一个行动方案和实施计划,供苑领导和金山区教育局领导及关工委讨论研究。

行动方案:一书、一片、一室。

一书:采写编撰一本《颐和苑里的红色故事》,供所在的金山区中小学青少年阅读、演讲用。

一片:为有代表性的杰出老人拍摄一刻钟左右的"百姓档案"片子,邀请电视台专业人员制作,让他们口述历史,让其事迹留存世上,一代一代传下去。

一室:向"五老"征集他们值得纪念、有社会价值的历史遗存,如奖章、奖状和各种曾用过的具有历史意义的物品,筹办一个杰出长者英雄模范事迹纪念室,供青少年前来学习参观。

实施计划:一看、二讲、三写。

一看:让青少年看一看《颐和苑里的红色故事》和"百姓档案"中"五老"口述历史的片子,以及来颐和苑参观"一室",接受教育。

二讲:在青少年中开展"红色故事我来讲"活动,可以班级或学校为单位进行演讲比赛。

三写:在"一看""二讲"的基础上,让学生来写一写自己接受红色传统教育的体会,在班会上或少先队的有关会议上交流。

以上行动方案和实施计划,是一项长期性的基础工作,目前我们正在一步步地去实现,我们是为"爱"提出,为"爱"而奔忙,一切为了孩子,为了下一代,这是我们的根本出发点。

第四节　我又踏上了新的学习和研究征程

这也许是个历史的巧合。

高龄岁月
——我的养老生活纪实

68年前,公元1956年,当我小学毕业的时候,父亲的一封家书,改变了我的人生轨迹,从穷乡僻壤的苏北大平原,来到了繁华的大都市上海求学;68年后的今天,2023年,上海市新四军历史研究会五师分会的一本红色聘书,又让我回过头来投身到我的家乡——盐阜地区,研究当时刘少奇根据中共中央确立的"巩固华北,发展华中"的战略方针,离开延安,进抵盐阜地区,"创造新的苏北,新的盐城"这段气贯长虹的新四军红色历史。

接到聘书没几天,新四军五师分会会长朱效荣先生就介绍我加入了"五师分会学术组"。这是对我的莫大信任、期盼,也是我的向往。

在座谈会上讲话

回顾过去,1942年10月24日,我出生的时候,正是中国共产党领导下的新四军,为了挽救民族的危亡,浴血奋战最激烈的时候。我的出生地江苏阜宁,就地处于历史上有名的苏北抗日根据地的东北角。就在我出生前的1940年10月,老一辈杰出的无产阶级革命家、军事家陈毅同志,遵照党中央、毛主席关于"向东作战、向北发展"的指示,曾率领新四军北上,与南下的八路军在苏北盐城会师,开辟了苏北抗日根据地。"皖南事变"后,陈毅受中共中央之命,在盐城重建新四军部,任代军长,指挥大江南北的新四军,与日伪进行艰苦卓绝的斗争。我家所在地阜宁县獐沟乡,一直处于"拉锯战"状态。"扫荡"与"反扫荡"是常有的事。我记得,当时就曾有新四军战士住在我们家里,把两扇门拆下来,用两条长凳一搁就是一张床。小时候,我还常拣起地上的子弹壳当"叫鞭"玩。我的童年,就是这样在新四军身边成长起来的。

为了熟悉这段我成长中的历史,我曾于2011年3月5日,在《长三角教育》杂志总编朱平先生的陪同下,特地从上海乘车到当时苏北的抗战中心——盐城,参观了我向往已久的"新四军纪念馆"。我还购买了两本书,一是由中共盐城市委党史工作办公室、盐城市新四军和华中抗日根据地研究会编的《刘少奇在盐城》,另一本是由计高成主编、解放军出版社出版的《陈毅在盐城》。参观了新四军纪念馆,又读了这两本书,我才开始对这段新四军历史有个粗略的了解。我很想有机会,有一个很好的研究氛围,进一步了解、熟悉这段历史。因为这里是生我养我的家乡,这里有我挥之不去的记忆。我必须进一步了解它,熟悉它。

我的这一夙愿终于实现了,我不仅加入了新四军五师分会,还成了学术组成员之一,我为此感到高兴。

2023年5月8日至10日,五师分会组织部分会员在东方毅集团旗下的上海崇明沈家湾基地体验文旅活动,我有幸作为新会员应邀参加。

东方毅集团是一家集军工、物流、经济、文化、粮油、珠宝、文旅为一体的大型综合性企业。它以"强心、强军、强国"为责任,将拥军爱警融入企业文化。沈家湾基地主要为"三官"(军官、教官、外交官)进行康养服务。

五师分会此次活动,还组织参观了基地总部展览厅陈列的珍贵展品。在接下来的研讨会上,我作为新会员,作了个简短的发言。我说,我能在五师分会这个温暖的集体中学习工作,十分高兴。今后,一定好好向老同志学习,努力完成分会交给自己的任务。

任重而道远。学习无止境,研究方开始。在这一新的研究征程上,我要以老同志为榜样,虚心求教,学习,学习,再学习。

后 记

这本记录我退休生活的书稿,先后写了五年。其每章每节,都是我生活的真实写照。

我的退休生活是多种多样的。从2002年10月退休至今,这二十多年中,我一直没有停息下来,而是仍在按照自己的节奏在"工作",在做自己喜欢做的事。不过,虽一样在忙,但忙得不像以前那样——在岗位上有精神负担,整天要为"一大家子"操劳、奔波。如今忙中有闲,两人世界,节奏完全由自己掌握,没有什么心理负担。

人老了,但心不能老。要把自己的养老生活尽量安排得丰富多彩一些,要走一步看一步,多接触社会,多参加一些社交活动,多吸纳一些外面的信息,这样脑子才不会僵化,生命才会充满活力。

人老了,毛病也会多起来,一些基础性疾病会在无声无息中向你袭来。这也不用怕,很正常,自来水管还会老化呢,何况肉体的人。我的体会是,一是要认真对待,及时就医,该吃药时吃药;二是坚持锻炼,放松心情,不要紧张。人总有一死,只不过先后而已。我要感谢我的夫人,她总对我那么体贴入微,不但一日三餐不要我操心,而且每天连吃的药都为我准备好,每月还给我预约好一次专家门诊,为我的身体及时"把关"。

养老也是一门科学,要针对自己的身体状况和家庭实际来安排。人老了,特别是到了高龄,这段路会越走越艰难。但无论怎样,对生活、对生命都要充满希望,要阳光一点。我们常说要有一个好的心态,我想大概就是这个意思。

后记

  如今,养老有各种模式,但无论是居家养老还是机构养老,或者其他,我们每一位进入高龄后的老人,都要珍惜每一天,过好每一天,让夕阳生命充满光彩。

  这本在夕阳路上写就的书,先后受到好多人的指点和帮助,我打心底里表示真诚的谢意。特别要感谢的是,上海社会科学院出版社陈如江先生对书稿的修改提了不少宝贵意见;颐和苑的长者姜树林先生从苑刊连载开始,就对每章每节进行认真的审读;摄影组原组长田如漪女士为书中的彩插费了不少精力,从照片的选择到每幅作品摄影者的核实都一一把关。尽管这样,还有个别作品未能找到相关摄影者,在此深表歉意!

  最后我要特别感谢的是,年已九十五岁高龄的人民教育家、全国首批教书育人楷模、改革先锋于漪老师欣闻本书即将出版,特为之题词。

  愿此书能对走在人生边上的高龄长者有所裨益!

2023 年 8 月 1 日

图书在版编目(CIP)数据

高龄岁月：我的养老生活纪实 / 金正扬著 .— 上海：上海社会科学院出版社，2023
 ISBN 978－7－5520－4228－3

Ⅰ.①高… Ⅱ.①金… Ⅲ.①纪实文学—中国—当代 Ⅳ.①I25

中国国家版本馆 CIP 数据核字(2023)第 163591 号

高龄岁月
——我的养老生活纪实

著　　者：金正扬
责任编辑：陈如江
封面设计：周清华
出版发行：上海社会科学院出版社
　　　　　上海顺昌路 622 号　邮编 200025
　　　　　电话总机 021－63315947　销售热线 021－53063735
　　　　　http://www.sassp.cn　E-mail: sassp@sassp.cn
照　　排：南京理工出版信息技术有限公司
印　　刷：上海万卷印刷股份有限公司
开　　本：720 毫米×1000 毫米　1/16
印　　张：13
插　　页：6
字　　数：190 千
版　　次：2023 年 9 月第 1 版　2023 年 9 月第 1 次印刷

ISBN 978－7－5520－4228－3/I·507　　　　　　　定价:68.00 元

版权所有　翻印必究